Ô, Copacabana!

João Antônio

Ô, Copacabana!

E dois contos inéditos

COSACNAIFY

De princesinha a cadela desdentada

Nascido e criado em São Paulo, a paixão do escritor João Antônio pelo Rio de Janeiro vinha de longe, dos tempos em que, ainda criança, acompanhava o pai em suas visitas aos grandes chorões e sambistas da cidade. No Rio moravam também tios, irmãos e sobrinhos de sua mãe, uma carioca legítima que a crise de 1929 transplantara para a capital paulista.

No ano do golpe militar, portanto aos 27 anos, João Antônio mudou-se para o Rio pela primeira vez, convidado a trabalhar como repórter do Caderno B do *Jornal do Brasil*. Após uma rápida volta a São Paulo, entre 1966 e 1968, ele novamente elegeu o Rio como residência. E foi numa pequena cobertura alugada, no coração de Copacabana, que o escritor se instalou para nunca mais sair. Neste mesmo apartamento ele morreria, vítima de um ataque cardíaco fulminante, cerca de trinta anos depois.

A cidade exerceu sobre João Antônio uma grande influência. Tendo publicado seu primeiro livro em 1963, e o segundo apenas doze anos depois, em 1975, uma das explicações que o escritor dava para esse longo intervalo foi seu sentimento de estupefação diante da beleza da paisagem carioca. Da paisagem natural, logicamente, mas também da paisagem humana. Lá, para seu gáudio, as pessoas eram mais descontraídas, os trabalhadores menos apressados, as mulatas esbanjavam notória sensualidade e os artistas gozavam de maior espaço para suas intervenções. Além disso, a cultura popular, que lhe era tão cara, estava mais protegida no

Rio, livre do massacre imposto pelo "progresso" paulistano. Nos morros, nos botequins, nas praias, nas rodas de samba ele ainda sentia viva a sabedoria espontânea que prezava acima de todas as outras e era a principal matéria-prima para sua obra literária.

Morando defronte da praça Serzedelo Correia, onde "Cada milímetro tem história. Cada horário, seu povo particular", e assumido "maníaco ambulatório" que era, João Antônio foi um observador privilegiado da vida e da alma carioca. Com o passar do tempo, porém, os mesmos males que o haviam afastado de São Paulo começaram a se fazer sentir também no Rio de Janeiro: a vida cultural desintegrava-se, a especulação imobiliária sufocava, as frivolidades do consumo rebaixavam a índole das pessoas e das classes a que pertenciam. Este é exatamente o processo retratado em *Ô, Copacabana!*, cuja primeira e única edição datava de 1978.

O livro insere-se no gênero do conto-reportagem, uma das especialidades do escritor, que lhe permitia a ponte entre a observação realista e o estilo literário. Avança num fluxo corrosivo, sem divisões ou seqüência obrigatória, com idas e vindas, repetições, irregularidades, apinhado de lugares, cenas, figuras. João Antônio perambulava – antes um observador no nível da rua que da janela – e essa perambulação errática se reflete no texto, assim como a caótica situação urbana do bairro nele está mimetizada. Poderia-se dizer que *Ô, Copacabana!* margeia também a crônica, desde que não se tenha em mente a postura contemplativa e nostálgica em geral predominante nesse território. Esta é uma crônica de reação, na qual a decadência do lugar contamina a tudo e a todos.

Embora em outras obras a veia nostálgica de João Antônio assuma o primeiro plano, neste caso a ênfase vai para os xingamentos contra o presente (o que não deixa de ser irônico, ou mesmo paradoxal, pois o ambiente urbano degradado é onde os tipos que o cativavam aparecem com mais facilidade).

Além disso, algo sempre instigante, certos marcos do processo criativo do escritor ficam muito evidentes nesse texto. Um deles é justamente a apropriação dos tipos humanos a partir do papel que desempenham na cidade (o leitor esbarrará com eles enquanto a prosa perambula, e deve estar atento a fim de poder saboreá-los em meio à rápida sucessão de planos); os salva-vidas, as prostitutas, os pivetes, os pescadores, as madames, os torcedores de futebol etc.). Mariazinha Tiro-a-Esmo, por exemplo, misto de prostituta e olheira, havia aparecido em *Malhação do Judas carioca*, de 1975, como título de um conto, mas isolada do quadro geral a que pertenciam suas semelhantes e inspiradoras. Já em *Ô, Copacabana!*, inserida em cenário mais amplo, além de ser uma voz, ela ganha carne e osso, e a visibilidade da comunicação entre biografia individual e espaço coletivo sai tremendamente reforçada. O mesmo acontece não com uma voz, mas um lugar: a Galeria Alaska. Também presente de maneira isolada no livro de 1975, esse reduto da prostituição e das boates *gays* ganha importância e nuanças quando inserido na engrenagem mais ampla que compõe todo o bairro.

Outro marco estilístico de João Antônio, cuja compreensão se aprofundará com esta leitura, é seu amor por uma linguagem anti-institucional: a das gírias. As expressões que ouvia da boca dos mais diferentes "personagens" eram por ele recriadas com talento. Aqui, porém, seu processo de registro e recriação se desnuda quando uma de suas listas de vocábulos originais é fielmente reproduzida (verdadeira obsessão, eram feitas na parte não laminada dos papéis de cigarro, como salvaguarda para a memória do escritor) e comentada. Assim, fica esclarecida a lógica que rege sua seleção, baseada, em resumo, na identificação automática, se possível até inconsciente, entre conteúdo semântico e sonoridade. A precisão com que a gíria transmite uma idéia, lhe confere, ou não, a "exatidão de espírito" que o escritor procurava.

Mas a leitura de *Ô, Copacabana!* não agradará apenas aos exegetas (como eu) da obra e do estilo de João Antônio, longe disso. O livro traz muitos episódios eloqüentes da vida urbana brasileira, cada qual trabalhado no tom que merece: há farta dose de ironia quando ridiculariza o Festival do Osso, evento internacional para cães grã-finos que teve apoio da prefeitura; de empatia, quando analisa a passionalidade dos torcedores de futebol; de sarcasmo, quando subverte os objetivos da inesquecível campanha "Mexa-se" e passa um pito generalizado em todos nós.

A consciência privilegiada e a revolta desabrida do escritor flagram contradições comuns a todas as grandes cidades do país, tanto no âmbito histórico (tradição x progresso), quanto na esfera social (liberalização dos costumes x piora da qualidade de vida). Desse ponto de vista, o livro só se atualiza dia a dia, visto que essas contradições vêm apenas se aprofundando.

É o desejo de conhecer melhor a alma brasileira, a partir do temperamento carioca, que preside, no entanto, este longo conto-reportagem-crônica de João Antônio. Ambos, desejo e base de análise, se manifestam em boa parte de sua obra já publicada. Mas também em textos inéditos deixados pelo escritor, dois dos quais estão incluídos nesta nova edição de *Ô, Copacabana!*. Embora de datação imprecisa, foram escritos na primeira metade dos anos 70, provavelmente em paralelo a algumas partes deste livro sobre a princesinha do mar "de cara decadentosa". O primeiro deles, "Viva o bicho", fala com indisfarçável admiração, pontuada pelo humor e por uma fina ironia, da loteria mais genuinamente popular já surgida no país, o jogo do bicho. Três parágrafos deste texto foram enxertados por João Antônio em *Ô, Copacabana!*, confirmando a proximidade, se não da composição, do espírito que os move. O segundo, "Carioca da gema", chega a uma conclusão bastante generosa sobre a maneira que têm os nascidos no Rio de Janeiro de se relacionar com os compatriotas dos demais estados do país: "Como filosofia de vida ou não, vivendo numa cidade em que o excesso de beleza é uma orgia, convivendo com grandezas e mazelas, o carioca da gema é um dos poucos tipos nacionais para quem ninguém é gaúcho, paraibano, amazonense ou paulista. Ele entende que está tratando com brasileiros".

Rodrigo Lacerda

Para
João Antônio Ferreira,
meu pai
firme ainda
e
também andejo.

A
Afonso Henriques de Lima Barreto,
nunca bastante lembrado
pioneiro
captador de bandalheiras
e denunciador
desconcertante,
consagro
com a devida humildade.

"Existem praias tão lindas
Cheias de luz
Nenhuma tem o encanto
Que tu possuis

Tuas areias, teu céu tão lindo
Tuas sereias, sempre sorrindo

Copacabana, princesinha do mar
Pelas manhãs tu és a vida a cantar
E à tardinha, ao sol poente,
Deixas sempre uma saudade na gente

Copacabana, o mar, eterno cantor,
Ao te beijar ficou perdido de amor
E hoje vive a murmurar:
Só a ti, Copacabana, eu hei de amar."

Copacabana, de Alberto Ribeiro
e João de Barro (Braguinha) –
samba-canção da segunda metade
da década de 40.

"Não estamos nem aí. E não queremos nem saber quem envernizou a asa da barata."

– aí dentro do texto.

Meu amor.
Hoje, acordei encapetado. E me ganiu, profunda, alta, uma vontade de brigar contigo, te chutar a barriga, sua marafona engalicada! Vontade, não: gana. Urrar e vomitar sobre você. Você e tu. Mijar na tua cabeça, tronco e membros, te socar contra a parede, te fazer sangue. Ao te beijar ficou perdido de amor é o cacete. Pelas manhãs tu és a vida a cantar é uma pinóia, uma ova, uma bosta.
A tua cara decadentosa parece o mapa do Chile, estrepe velho, tralha, cadela arrombada, esmerdeada, meu horror.

Mas és para ser entendida só por aqueles que não tiveram dinheiro nem para comer um prato feito. E, isto sim, é a pior das sacanagens.

E eu te bato porque te amo.

Curiosamente, nunca conheci um gringo que pronunciasse certo esta palavra, Copacabana. Afinal, nada mais natural que a minha curiosidade. É neste bairro que, como um pingente urbano, escrotamente eu envelheço.

Pisando duro como soldados, galalaus e desengonçados, envergando bermudas, sapatos e meias coloridas de lã, a indefectível máquina fotográfica tiracolando, os gringos muito tatambas no falar, só conseguem um parônimo. Engrolado:

– Côpabanana! Côpabanana!

Sumário

Ô, Copacabana!

Virou, mexeu, sujidade. E desandamos a pererecar.

Os homens, lá em cima, mexem os pauzinhos, sapecam leis e nos aplicam os espetos. Ficamos sambados, prejudicados, lesadinhos.

Nem se queira que o custo de vida seja menos custoso. Nosso preclaro prefeito, homem doutorado, democrata e cristão no duro, atento administrador já nos explicou, com generosidade e temperança, saber e espírito orientador que, além da taxa do lixo, devemos pagar os mais altos aluguéis do país. Afinal, estamos vivendo à orla atlântica e esta é uma das cidades de condomínios mais caros do mundo. Habitar aqui é, pois, um luxo. Não consideremos capengas, como já vociferou um jornal detrator, os argumentos do prefeito ilustríssimo. Morar no Rio de Janeiro, e mais, morar na Zona Sul do Rio de Janeiro, nesta princesinha do mar, Copacabana, primor dos primores e exemplo de planificação de bairro moderno, é destacadamente um prêmio. Seguremos, assim, honrados e contentes, o prêmio.

Quanto ao prefeito, ninguém votou nele. Os tempos não estão para isso. Ele nos foi dado de presente. Ou melhor, imposto. Indicado, conforme o feitio das falas oficiais. Assim, vivemos como crianças incorrigíveis, autômatos ou débeis mentais. Como se não soubéssemos dirigir nossas vidas, gente irresponsável, sem preocupação política, bonecos de engonço nas mãos de chefões que sabem tudo. Mas, de toda essa remandiola estrambótica, nos fica uma certeza. Cada novo prefeito é um cidadão esforçado. Consegue ser pior que o antecessor.

AGÊNCIA NOVAK
TEL.
2364719
2375533
2558767
EMPREGADOS DOMESTICOS
DIARISTAS
FAXINEIROS
GARÇONS
TEL.
2364719
2375533
255876
SOBRELOJA
205
206
DIARISTAS
EN GERAL
GARÇONS
MODA JOVEM
JORNAL DO BRASIL
CLASSIFICADOS

S/L 204
204
OURO
COMPRO
2561721
204
OURO
COMPRO
2561721
LANCHONETE
COMERCIAL
ITZ
IMPORTEX
LOJA-B

Não se atente, por favor, às imensas colunas de jornais, correndo de alto a baixo e expondo o lado de lá de nossas vidas sem nenhum lastro habitacional. Aos domingos o que eles expõem de *aluga-se quartos e vagas* para rapazes e moças de todos os tratos, demonstra claramente que os pingentes não são nenhuma exclusividade dos trens da Central do Brasil. Há dependurados nos trens suburbanos, como há dependurados nos prédios de apartamentos por toda a extensão do nosso bairro.

Mudaram o número do 200. Mas ele continua o velho 200 da rua Barata Ribeiro, um dos crimes mais consideráveis da nossa construção civil. E um dos pontos mais críticos a que pode chegar a chamada civilização do quarto-e-sala.

Se o que se passa dentro dessa tal civilização fosse boa vida, pedregulho seria pão de mel e paralelepípedos saberiam a cerejas japonesas.

Mas tenhamos espírito religioso, que parece ser o que nos falta nestes tempos de aflição e heresia. Para tanto, há no bairro um templo em cuja parede externa existe, ecumênica, uma inscrição bíblica de Isaías, dizendo: "Que minha casa seja a casa de oração de todos os povos". Nada a calhar melhor. A escritura certamente pretende indicar que aquela é uma casa de oração ideal para o nosso bairro miscigenado e cosmopolita. Ali terão entrada todos os negros, amarelos, mestiços, árabes e brasileiros. Um templo acima de todas as tendências para abrigar, sem exceção, as nacionalidades e naturalidades que habitem o bairro. Ou que estejam em trânsito.

A indústria dos buracos, uma de nossas maiores fontes de produção, pois cá se gasta mais do que se consome e se consome mais do que se assimila, aparenta estar intimamente unida ao comércio dos camelôs. Esses senhores autônomos, que também precisam viver, e suas barracas atulhadas se instalam em pontos estratégicos, acompanhando a linha de avanço dos buracos.

Há, ano todo, um exemplo a servir com brilhantismo. No quadrilátero das ruas Siqueira Campos e Figueiredo Magalhães, coração nervoso e comercial da princesinha do mar, as barracas dos camelôs parecem estudar, milimetricamente, seus pontos de ação. Quase grudam-se entre as bancas de jornais e revistas e os buracos das Cedags, Lights, Telerjs e acompanhamento. Perfeita ocupação. O pedestre pode escapulir do buraco, escapulir da banca de jornais, mas dá de cara com a barraca do camelô.

Num desses momentos críticos de atrapalhação e sufoco, ninguém se lembre, por favor, daquela definição que um dia deu, já bebido, um dos velhos boêmios aposentados, freqüentador impenitente do botequim Bon Marchê. O intermediário é o homem que liga o burro que trabalha ao idiota que compra.

Ninguém bote fé nisso. É filosofia de botequim. Vapor etílico. Não tem vida longa.

Praças e casas, há de haver um complô solto atuando no bairro, tirando partido e proveito mesmo da nossa falta de espaço nas calçadas. Camelôs estarão conluiados a pequenos vendedores, baianas com tabuleiros e comilanças, expedienteiros de pentes, gasparinos, embelecos e penduricalhos. Surgem os hippies de butique e os pedintes de natureza e origem diversas. Várias e diversas.

Não bastasse a nossa falta de espaço nas ruas, avenidas.

O bairro, além dos nacionais, acoita pedintes estrangeiros que, com cara-de-pau, mão estendida, corpos jovens cheios de saúde, pedem em sotaque estrangeirado, um cigarro ou, logo de vez:

– Amigo, *tiene una plata*?

Esse cinismo suplicante, tão em uso no nosso bairro, desce ou sobe a momentos de brilho. Ficou-me nas retinas, me encheu as medidas e a paciência, a figura de um jovem saudável, estrangeiro, me pedindo um cruzeiro. Era, dizia, para comer um ovo.

Nosso espaço verde já sumiu há muito e muito tempo. O que resta, pouco, se planta nas duas praças que nos sobraram. A do Lido e a praça Serzedelo Correia, dita e festejada como folclórica, inda mais por aqueles que nem estão enfiados, nem dependem dela.

O verde deveria nos sobrar, quando menos, nas encostas dos morros. Nem isso. Nos morros estão trepadas as nossas favelas. Babilônia, Morro da Guarda, Tabajara, Pavãozinho, Cantagalo... Inda assim, como a natureza é dadivosa e também teimosa, pelas encostas a vegetação teima em viver. Mas chega o verão e em todo verão as providências preventivas não são tomadas. O fogo, em forma de combustão natural ou atiçado de alguma ponta de cigarro, vai tostando tudo. Corre. Mas nem sempre há tempo e, de ano a ano, a paisagem lambida, crestada, se repete. No verão, nossas encostas de morros ficam pretas e não verdes.

Há leis e mais leis. Funcionassem, o nosso bairro seria outro. Provavelmente até coincidisse com a propaganda que se faz dele. Assim como os "ismos" sozinhos não resolvem nada (atrás de cada "ismo" religioso, cultural ou político estão os homens, e estes, desde a Bíblia, são fecunda antologia de precariedades), nossas leis, sem que as respeitem, ou cumpram, aqueles que as invocam, além de só multar, caem numa inocuidade ridícula. Disse alguém, aí no passado, que para brandir uma lei é essencial respeitá-la antes. O que, absolutamente, não nos acontece.

Nesse enxame, a mais invocada e menos respeitada talvez seja a lei do silêncio. Desacatada dia e noite, nas ruas e dentro de casa, ela chega a um estado crítico. A uma petição de miséria, como diziam os antigos. Se for o caso de alguém reclamar pelo não cumprimento da lei do silêncio, o fará gritando.

Quem aposta no caos acerta na mosca.

Como defesa, esse espetáculo caótico do nosso bairro só pode ser visto, sentido, vivido por uma de duas óticas. Ou pela filosofia do deixa-pra-lá, ou pelo humorismo descabelado de quem chegou à conclusão de que vivemos uma chacota sinistra e crônica. De um ou de outro jeito, dói.

Tirante a do Leme, quase ao pé da Pedra do Leme, podemos dizer que nos restam aquelas duas praças que, se vistas de perto, dão uma radiografia concludente. Provam que nossas crianças e adolescentes não estão recebendo espaço nem para viver, brincar, estirar as pernas e ter o seu tempo de crianças ou de rapazes. Assim, às onze horas da noite ou duas da manhã, de comum as crianças brincam nos balanços, escorregadores e jogam bola. Os edifícios não têm *playgrounds* e, ainda menos, garagens suficientes. As calçadas entupidas de veículos. Mas as despesas com um condomínio de apartamento custam os olhos da cara. Ou melhor, o sono.

A rapaziada não tem tempo de diversão fora da praia. E nem espaço. Amontoam-se, então, nas calçadas, os ainda não atingidos pela idade e mágoa de encherem a caveira nos botequins. Trepam na lataria dos carros, conversam a sua conversa numa gíria específica de grupinhos, turmas. Há os da rua Paula Freitas, por exemplo, que nunca cruzaram pacificamente com os da rua Domingos Ferreira. As conversas devem levar a algum grande fim. É uma juventude que se comunica por meio de códigos e onde um rapaz de 25 anos, por exemplo, já é chamado de coroa.

Badala-se, orgulhosamente. As virgens não passam dos treze anos. E a pílula é usada como um passaporte ou um *habeas-corpus*. Sabem usar o anticoncepcional. Não se pode garantir que usem corretamente o bidê.

Se têm perspectivas ou não, é difícil responder. Mas o visível é que fazem uma moçada francamente desinibida, a ponto do transeunte ir passando a receber logo um chamamento:

– Amigo, teria um cigarrinho? O senhor não teria aí cinqüenta centavos para inteirar a minha passagem?

Bairro eclético, o nosso. Há pedintes de todas as idades, nacionalidades e faixas sociais.

Quem se baseia em estatísticas corre grave risco. Necessário ver os fatos e os homens, não os números. Estatísticos, frios, distantes e, muita vez, incoerentes. Então, ninguém se interesse por saber quantos cachorros tem o bairro. Já se falou em 25 mil; depois, esse número pulou para 30 mil. Um dia, algum abusado veio e escreveu que a quantidade de caninos rondava os 35 mil. Aí, veio a Administração do bairro e colocou ponto final à controvérsia. Nem mais, nem menos. Há 25 mil cães na região. Nem mais um. E o pedestre que se rale. Ou tromba nos automóveis estacionados nas calçadas, ou nas poças d'água e nas falhas do calçamento, ou tropica nos mil olhos abertos da indústria dos buracos – Telerjs, Comlurbs, Cedags, Lights e todos os familiares e chegados –, ou ainda tropica nos cachorros ou em suas merdalhadas que proliferam, fedida, farta e impunemente, pelas calçadas do bairro.

De nada se deve reclamar. Para final, do ponto de vista da limpeza canina, foi dada uma oportunidade ao bairro. E a praça Serzedelo Correia teve a honra e glória de já ter possuído o primeiro Pipi-Dog do país. Ah, mas o povo da praça dos Paraíbas não estava modernamente civilizado para transar de Pipi-Dog! E, ingratidão, sem nome. Roubaram as tábuas coloridas da Serzedelo Correia. Mesmo assim, de tudo fica um pouco, como diria o poeta.

Pipi-Dog se deveu a um jornalista, Luís Carlos Sarmento, e serviu, quando menos, para ensinar aos mal-educados que inteligência e civilização também são exportáveis. Em Nova York e em Londres, autoridades aproveitaram o *know-how* luso-afro-tupiniquim e espalharam Pipi-Dogs pelas ruas e os tornaram obrigatórios. Portanto, ninguém reclame da contribuição do bairro. Da Serzedelo Correia para o mundo. E, entre as novidades civilizatórias que o bairro difunde para o resto do Brasil, modas e leros, ainda virá o tempo em que o Pipi-Dog será historiado como um capítulo. Chegou até as estranjas.

E nos veio o Festival do Osso.

Ah, feito antigamente, o Rio civiliza-se.

Já temos um emissário submarino, telefone automático para as principais partes do mundo, televisão em cores. Entramos na era supersônica do Concorde, vôos a dezoito mil metros de altura e velocidade duas vezes maior que a do som. E, povo disciplinado, a rede de cadernetas de poupança vai muito bem.

Verdade que o café aumentou de preço, os cigarros subiram na razão de quarenta por cento numa porrada só, o preço do pão e o da luz pulou e do gás também, as massas alimentícias, o açúcar – a gasolina puxando o cordão dos aumentos – tudo vai às nuvens. Mas são detalhes.

São pormenores igualmente sem significação a média de quatro trucidados diários pelo Esquadrão da Morte na Baixada Fluminense. Afinal, só setenta e cinco por cento da população carioca vivem lá, miseravelmente. Não passam de três milhões e duzentos mil habitantes. São só 1.262 quilômetros quadrados de miséria, desorganização urbana, violência policial, corrupção política e relações podres, a desconfiança e o medo massacrando. E azar daquele bispo de Nova Iguaçu, dom Adriano Hipólito, que acabou seqüestrado, em agosto de 1976, por um grupo de desconhecidos, aparentemente terroristas de direita.

Ah, a força maledicente e detratora dos boatos. Fala-se que o arroz vai imitar o açúcar. Ou por outra, primeiro vai sumir para depois subir. E o carioca, neste Rio civilizado, já está inaugurando o pagamento de dois novos impostos: a taxa do lixo da rua e, como a cidade está sendo esplendorosamente iluminada, a ponto das nossas noites até parecerem dias, pagaremos também a taxa da iluminação das ruas. Na cidade há um espírito sobrepairando. Paga-se hoje o imposto que será o conforto de amanhã. Como vão as loas, a novidade maior é que nunca será tão conjugado o verbo pagar.

Mas o Rio civiliza-se. A cidade não é mais aquela dos festivais de música, cinema, teatro, artes plásticas, encontros literários e culturais. Tampouco está cumprindo a sua vocação de capital do lazer e do turismo. Mas tivemos, em 1976, uma promoção inédita no mundo. Foi instalado no Estádio de Remo da Lagoa, o "Lagoão", *o maior canil do mundo*, conforme definição de considerado cronista social, profissional de longo curso e livre-trânsito em várias frentes.

Pois. Aconteceu entre os dezoito primeiros dias de abril, o "I Festival do Osso", criação de uma das penas mais conhecidas da imprensa carioca que, sozinho, valeria como perfil demonstrativo, crítico e analítico da feiúra e vida instável, desdentada, aviltada de certa larga faixa da reportagem carioca.

Bem. Mas o Festival do Osso valeu por si mesmo e teve atração pra cachorro. Desfiles de moda para caninos, lançamentos *prêt-à-porter* e longo. No evento, foi escolhido o costureiro criador da coleção de inverno para as cadelinhas da Zona Sul. Houve passarela e, como em todos os desfiles de modas, foi contratada também uma Maria Augusta (*remember* SOCILA) canina, que, bastão em punho, comandou o desfile.

Providenciado, foi então, o "maior Pipi-Dog do mundo", com separação para damas e cavalheiros. Um alto-falante chamava os cães e cadelinhas nos idiomas de suas raças para fazer pipi durante o festival. Um evento internacional, conforme já se sentiu.

Outras medidas foram providenciadas para não repetir o nosso crônico defeito da improvisação, ausência de planificação e crédito imoderado apenas no talento.

UM – além dos desfiles de moda, houve mais um, igualmente sensacional, com os cães dos artistas famosos. Internacionais, é claro. Assim, o cachorro de Florinda Bolkan foi transado para desfilar. Segundo conversa de bastidor, tudo dependeria do cachê.

DOIS – como acontece em todas as promoções onde há aglomeração demais, foram chamados os cães amestrados da Polícia Militar, por medida tão-somente de segurança, a não permitir distúrbios durante a realização do festival.

TRÊS – pela primeira vez na história carioca estiveram reunidas as butiques especializadas em produtos para cachorros. Bom lembrar que só em Copacabana há quase cem desses estabelecimentos para atendimento do contingente canino. O dado veio da Administração Regional do bairro.

QUATRO – as indústrias lançaram novos produtos. Sofisticadas coleiras, pulseiras e botinhas e, pensando no estômago, uma linha de rações. Dinheiro rolou. Macaqueou-se à grande: nos Estados Unidos os cães representam a sétima indústria do país. Lá, o maior anunciante da tevê é um fabricante de comida para cães. E, como veio muito cachorro de fora para o nosso Festival do Osso...

CINCO – houve leilões de cães, de que participaram os mais representativos canis dos Estados do Rio e de São Paulo.

SEIS – foi tudo isso. E muito mais. No último dia do Festival do Osso, um traço de religiosidade. Houve a "Páscoa dos Cães" com bênçãos e demais tratamentos.

Nossa cidade estava vingada. A Capital da Cultura, a Cidade dos Festivais do Cinema, da Música, que as autoridades negligenciam, ganhou um festival de cachorros a promover o Rio em dimensão internacional.

O Festival do Osso tentou ainda evitar certos preconceitos, ao realizar um campeonato internacional de cães. E, para não haver discriminação de raças, os vira-latas da Zona Sul e da Zona Norte poderiam entrar de graça no Estádio de Remo da Lagoa. CACHORRO NÃO PAGAVA INGRESSO.

Antes do festival, foi realizada a Operação Cata-Osso, nas praças de Copacabana. Os cachorros tiveram que catar, como se cata caneco na areia, ossinhos enterrados pelos promotores. Depois do festival, pintou um novo jornal especializado no mercado. O *Uau-Uau*, com o *slogan* "um jornal que vende para cachorro". Um semanário que prometia, aos domingos, estar em todos os postes e bancas.

Sendo um evento oficial da cidade, quem inaugurou o Festival do Osso foi o cachorro do prefeito Marcos Tamoyo, um boxer chamado Zorro, que mordeu a fita. Uma fita cheia de salsichas. O tal cachorro do prefeito costuma ser notícia. E, uma vez roubado ou seqüestrado em Petrópolis, desesperou seus donos e puxa-sacos respectivos.

O Festival do Osso, legítimo produto da nossa República das Bruzundangas, Penduricalhos e Simbologias na área de Copacabana e arredores, cumpriu pelo menos um papel de singular importância. Não reencetou, nem redimiu o espírito caído dos festivais na cidade. Mas, em nome do bom seguimento e êxito do Festival do Osso, para que não fosse o primeiro e último, o responsável pela prefeitura tomou providências. Por exemplo, a de limpar, com urgência, a lagoa Rodrigo de Freitas. Caso contrário, os cachorros não agüentariam o cheiro da poluição e dos peixes mortos.

Tudo isso foi mais sério do que pareceu e, em momento algum, deu-se à nova realização o nome estereotipado de frivolidade.

Ali pelos fins de dezembro, havia baixado no pedaço um velhinho pisando meio de lado, desenxabido da vida, mais magro e com o saco menos cheio do que no ano que passou. Sinal dos tempos ou não, o fato líquido e certo é que o tal coroa da barbicha branca, praticamente estava chamando urubu de meu louro e dando a bênção aos cachorros. Meio troncho, desengonçado, pisando escabriado, meneando a cabeça e desencorajado da vida, o tal Papai Noel passou com a palidez e a rapidez dos sustos e deve ter ido cantar em outra freguesia. Que a área, aqui copacabanense, estava das mais desanimadas.

Aí, pintou no pedaço para completar a festança de final de período um tal de ano-bom, festejado por antecipação, cantado em loas apologéticas pelo rádio, pela televisão e por veículos da grande imprensa. A julgar pela cantilena ufanista, o tal do ano devia ser bom como favo de mel. Tudo iria melhorar.

O Rio deixaria de ser o recordista nacional dos buracos, passaria a uma das cidades mais limpas do mundo, a criminalidade baixaria sensivelmente acompanhando a baixa do custo de vida. Nem de longe se falaria em retenção, austeridade econômica, mas sim em fluxo de capitais, novo *boom* da Bolsa de Valores, surto de exportação, alto poder aquisitivo do povo e, principalmente, baixa saliente na taxação dos impostos.

Mas o sonho esbarrou nas estatísticas e o Rio levantou e repetiu um recorde, o de primeirão mundial em acidentes de trânsito. E a primeira alta do ano deixou o carioca tonto. Entre serviços e produtos indispensáveis à vida doméstica, de cigarros a automóveis, quinze itens saltaram logo na entrada do ano-novo, o tal que apelidavam de Bom.

É. Se isso fosse bondade, berimbau seria gaita de foles. Falando claro, nem seria preciso o ano de 76 começar para se flagrar que ele já dava partida em tempo ruço. Nos últimos anos, nunca a orla marítima assistira nas areias e águas do Leme ao Leblon a uma festa mais chué para Iemanjá.

Curioso. A primeira madrugada tinha gás para um sucesso estrondoso. Começando por uma exceção. Não choveu.

Nem alegria, nem prendas, nem passes, nem brilhos de fé saudaram Iemanjá na entrada do ano. E nenhum sabido ou alegre rapaz da imprensa quis saber por que a Rainha do Mar estava abrindo o ano em baixa. E nem se questionou por que, de Copa ao Leblon, a coisa correu desanimada, se Iemanjá brilhou para os lados do Recreio dos Bandeirantes e, ainda mais, nas areias e águas de Sepetiba.

Se algum curioso interrogasse os poucos umbandistas que foram festejar Iemanjá nas praias da Zona Sul, perceberia logo que a composição daquelas giras foi de pequenos centros umbandistas que não tiveram dinheiro para pagar a anuidade da associação. E só os que estão em dia com os pagamentos podem festejar a Rainha do Mar.

O povo da umbanda não chegou mais à praia por falta de bango, gaita, surucutaco, grana, cacau. Muito terreiro não foi às areias da Zona Sul por não ter o algum para alugar ônibus. E os umbandistas mais pobres tiveram de fazer as suas homenagens em praias mais próximas. Sepetiba, por exemplo. As gentes de Jacarepaguá e da Zona Norte abriram suas giras no Recreio dos Bandeirantes.

Até então, o que tem justificado a baixa de estimativa da festa de Iemanjá, a chuva, perdeu para um burlão. O alto custo de vida.

Como sempre, os turistas não tiveram nenhum folheto que lhes explicasse o festejo. O máximo que conseguiram foi fotografar alguma minguada roda de umbanda. Também, para eles, a vantagem é sempre grande. Com festa ou sem festa jamais conseguem entender coisa alguma. Mais ainda, está claro, se dependem de informações dos órgãos oficiais.

Sem fogos de artifício, sem muita cantoria, sem farofa ou vintém, vela ou gurufim, pouco brilho, a festa de Iemanjá aconteceu molemente, desconfiadamente e, no fundo, sem muito quê, nem pra quê.

Tempos pretinhos, pretinhos. Ninguém duvide. Vem o velhinho chamado Papai Noel e sai do panorama ferrado, desiludido. Entra Iemanjá e sai tristonha. Logo ela, a que tem muitos nomes e é toda cheia de vaidade, dengo, manhosa, vontades. Gosta de agrado, mimo, cocoreco, bico-de-pato, oferendas. Sim. Na abertura do ano, a festa das praias nunca mereceu tanto o nome debochado que lhe jogaram: *réveillon* dos pobres.

Então, aí, acordados, os homens notaram que os cariocas estavam tesos, lesados, quebradinhos. Mordiam-se uns aos outros como cachorros zangados. Ralavam-se como porcos-espinhos.

Os preclaros homens de cima, ariscos e graves, majorengos, jogaram uma campanha. Política, estrategicamente.

A campanha promocional foi clara, de uma limpidez acima das dúvidas. Limpinha. No entanto, uma recapitulação tem sempre sua utilidade para os distraídos, desatenciosos e turrões. E, principalmente, para os recalcitrantes, essas criaturas incômodas que só sobrevivem para apoquentar a boa ordem vigente. A esses maus alunos, convém recapitular, com todas as letras, a campanha maravilhosa que em bom e hábil tempo veio tirar os preguiçosos, os relapsos, os negligentes e os teimosos da apatia e falta de entusiasmo que até pouco tempo, antes da campanha, naturalmente, se abatia sobre o desinformado público.

Assim, passemos à campanha saneadora dos nossos costumes:

MEXA-SE! Seu idiota, relapso, calhorda, ingrato e inoperante! Você não está vendo que a sua pobre mulher trabalha noite e dia para a manutenção da boa ordem do seu lar? Canalha, mandrião, sanguessuga, usurpador! Sua mulher anda quilômetros e quilômetros ao redor da cozinha, do apartamento à escola, da casa ao supermercado e ainda encontra tempo para trocar as lâmpadas queimadas. Tome vergonha na cara, seu calhorda explorador: MEXA-SE!

Olhe ao seu redor e MEXA-SE! Olhe, a poluição está matando aos poucos o lago Paranoá. E você está fazendo o que para evitar tanta destruição, seu idiota, safado, fariseu? MEXA-SE! O Brasil agora está entre os grandes exportadores de soja do mundo. E você, seu relapso comodista: em que você contribuiu para isso? MEXA-SE! A desnutrição é a maior causa de mortalidade em Brasília. Você está ouvindo, canalha? MEXA-SE! Brasil, terceiro produtor de iogurte do mundo. E, você, safado duma figa, com que você contribuiu para essa glória, com quê? Com nada, patife!

Não venha com essa desculpa de que o dólar subiu oito vezes em seis meses, que a gasolina aumentou e que as enchentes e as geadas comprometeram seriamente o custo da alimentação daqui pra frente. Conversa. Daqui pra frente como daqui pra trás, a situação sempre se pareceu, o dólar sempre aumentou e o cruzeiro sempre baixou. Vá arrumar desculpas esfarrapadas no diabo que o carregue! MEXA-SE!

Você vive numa cidade maravilhosa, MEXA-SE! Se o Rio bateu novo recorde de fim de semana: treze assaltos só no sábado, um dos culpados é o seu comodismo, seu folgado! MEXA-SE!

O Brasil é um dos maiores exportadores de açúcar refinado do mundo, um dos grandes rebanhos mundiais e o maior produtor de pipoca do mundo. Está vendo, seu biltre, sua topeira de setecentos cavalos? E, você, refinou açúcar, criou algum gado ou plantou algum milho de pipoca? Claro que não. Então, MEXA-SE, safadão! Seu muquirana duma figa, sacanocrata, MEXA-SE!

Para a frente é que se anda, pedaço de moleza, MEXA-SE! Se a sua cidade é a recordista nacional dos buracos, se é roída pelas frentes e lados, ruas, praças, becos, vielas e avenidas, agüentando todas as enfiadas das Celurbs, Lights, Cedags, Telerjs, Metrôs (ah, seu canalha, como é longo o capítulo da ficção carioca) e Sursans, e se o Rio é a mais esburacada das vítimas da indústria dos buracos, a culpa é sua, seu comodista! MEXA-SE! O que é que você anda fazendo que não se mexe? MEXA-SE! Se você não se mexer, vai acabar caindo dentro de um desses buracos.

MEXA-SE! Não fique aí dizendo ironias sem sentido e fora de hora. Ah, não disse? Não disse, mas pensou, seu canalha! Não fique aí com esta cara farisaica e cínica como quem diz que a sua linda cidade está sendo trucidada e simplesmente. Canalha abacanado, MEXA-SE! Também não fique aí, quieto e cínico, querendo como que dizer que o governador da cidade até parece estar querendo transformar a cidade à imagem e semelhança de sua própria cara. Cachorro, você se refere à cara de quem? À sua, evidentemente, não é? Safado! MEXA-SE! E fique sabendo que se a sua cara não é o mapa do Chile, fica perto, seu arsenal de feiúra e rugas, seu mal-encarado! MEXA-SE, seu feio!

Você tem de evitar andar de carro e pegar o ônibus para poupar gasolina: MEXA-SE! E se você não se mexer muito direitinho acabará não podendo entrar no ônibus, seu folgado, seu dorminhoco! MEXA-SE!

MEXA-SE que já é tempo, seu teimoso impenitente! MEXA-SE: já providenciou o depósito na caderneta de poupança, já fez seu joguinho da loteria esportiva esta semana, já pagou a conta da luz, do gás, do telefone; o condomínio do apartamento; o aluguel, a garagem, a prestação da geladeira e do televisor? MEXA-SE!

Você é um descansado sem remédio, mas essa moleza vai se acabar, seu mandrião! E, antes que seja tarde, tome vergonha na cara e MEXA-SE!

Fique sabendo que ninguém veio a este planeta terráqueo para levar boa vida, seu intrujão; nem para fazer fim de semana na sombra do boi! Portanto, MEXA-SE!

De porrada em porrada, acabamos virando colecionadores.

Mas nós não estamos nem aí. Estamos podres e nem queremos saber.

Não nos inquieta, coça ou espeta a inexistência de clubes abertos, centros culturais ou de reunião de classes, lugares onde pudéssemos discutir e lutar por melhores condições de vida. De uma ponta a outra, nosso bairro é feito um paliteiro. Vivemos numa rotina do espeto, num paliteiro de prédios de apartamentos.

Haverá pouca invenção moderna, porca e aviltante, que separe um homem de seu semelhante como um prédio desses. Na favela, até lá, sobrevive algum espírito comunitário, vizinho vê a cara do vizinho. Quando em quando, se reza o verbo amar e, volta e meia, a palavra mutirão comparece. Tanto que é o lugar onde mais se canta no Rio de Janeiro. Razão haverá, apesar do miserê.

Mas nós não estamos nem aí. Os síndicos, cínicos, deveriam nos unir, nos reunir, que são pagos para tanto. Indigestos, carrancudos, pinimbeiros, futriqueiros, são useiros e vezeiros em nos colocar uns contra os outros. São senhores invisíveis. Ou quando vistos, um espetáculo de poluição visual. Gordos senhores, achinelados e de bermudas, aparentam sofrerem do fígado, além de sofrerem poluções noturnas e terem parentas e contraparentas encalhadas dentro de casa. As esposas provavelmente em menopausa. Eles olham compridamente, simulados mal, gulosos muito, olham com os olhos, lambem com a testa as carnes enxutas e no lugar das menininhas floridas que chegam, com o andado balançado, ou vão, sestrosas e em bom ritmo, para os lados da praia. Repressores enrustidos, pais punitivos, avôs carrancudos e vigilantes, serão policiais frustrados e, assim, provavelmente detestarão a humanidade. Mas nós não estamos nem aí. E não os pomos a correr, que mereciam. E bem. E o que seria direito nosso.

Temos a praia e o botequim. É onde a gente se vê, se encontra e se reúne, aos grupos. Há a paquera, o namoro, o amor, quando isso acontece. Fora daí, se muito, somos nada coletivos. No quente do futebol, nossa maior paixão e nosso maior risco, batucamos nas ruas, na praça do Lido, na Serzedelo Correia ou na Banda do Leme, imitação da de Ipanema. A matriz era folclórica, algo vazia, mas com a solidariedade de um caju amigo e, apesar de tudo, original. Enquanto durou. Na Banda do Leme batucamos sem quê, nem pra quê, comemorando e bebemorando sem saber o quê. Muita vez, até parece que brindamos o novo aumento da gasolina; a derrota, depois de um fiasco e rata brutais, internacionais, da seleção brasileira na copa mundial de futebol. Ou, quem sabe, o fato de encontrarmos, à soleira do nosso edifício, nas madrugadas, quando nos recolhemos tarde, mais uma turminha sebenda de três, quatro garotos menores de dez anos, dormitando, encolhidos, caquerados, sujos, embrulhados ou não em folhas de jornal. Pedimos passagem aos miseráveis, abrimos a porta e entramos em nossa casa.

Nossas bebemorações em público acabam degenerando em encontros de palavrões e violências, onde o elemento feminino entra com destaque, pois as alas femininas, de tangas, dizem buscar a igualdade com os marmanjos e, no enxurro da palavrada, fazem questão de participar também, principalmente nas paródias de canções famosas, natalinas ou juninas, cantadas com licenciosidade. De assim:

Neste Natal, chupe o meu pau
E no ano novo, venha chupar de novo.

Trepamos nos capôs dos carros e recuperamos, à grande, a tradição antiga do grosso entrudo português, mandando todos os cuidados e recatos à cucuia.

Não haveria, numa lógica mínima ou debaixo de qualquer lucidez equilibrada, motivo para tanto fandango, banzé e sururu. Pelo menos, no capítulo das nossas violentas comemorações e bebemorações pelo futebol.

Salomão, rei sábio e mulherengo, diria que tudo que este sol cobre é aflição de espírito e impunidade. Faz pouco, numa dessas ondas de momento da aflição do futebol, fiquei sabendo, entre os fragores, que um gráfico de vinte anos de carreira perdeu uma das mãos, distraído, ao ouvir durante o trabalho a irradiação do jogo do Brasil. Depois dos jogos, as depredações a restaurantes, bares e botequins deram para virar praxe neste Rio de Janeiro e, quase uma obrigação, em Copacabana. Botequineiro vacilante que não fechar as portas em dia de jogo, dança.

Enquanto isso, nossa seleção pererecava. Haviam transformado o futebol num espetáculo asséptico, pasteurizado, limpinho e absolutamente de nada. Os arroubos individuais tomaram chá de sumiço, a improvisação acabou e não se sassaricava mais. Garrincha, Zizinho, Almir, Pelé não teriam vez na seleção polivalente, biônica e correta. Agora, nas modernidades, a coisa ficou na base da pluripartite.

Não estamos nem aí. Pedimos passagem aos mendigos e vamos tocando. Que temos a praia e o botequim. Como a reunião, o debate, a companheiragem, o interesse pelo próximo não estão em vigência na ordem do país, que o país tem fome e não está lá para essas camaradagens, amenidades e inconseqüências, cá os nossos papos e discussões, nossas preocupações e planos, ficam onde ficam. Na praia e no botequim.

Nem é preciso o verão chegar para o homem acontecer nas areias de Copacabana-Ipanema-Leblon. Basta pintar gente na praia.

Salva-vidas, nada. Esta palavra só acontece em boca de fariseu, nos papos de gente que está por fora dos babados das areias. O nome é guarda-vidas, o homem de maior vocação para a beleza, mais ainda que os meninos de cabelos matizados de tanto sol e que fazem o espetáculo do surfe nas pranchas de preço pelas alturas do Posto Cinco, Cinco-e-meio ou Arpoador, Ipanema, Leblon, Barra.

Tudo que surgiu até agora em matéria de praia é pinto diante do guarda-vidas. Pelo menos, para os interessados no gênero masculino. O homem é o bem-bom das areias, senhor dos salvamentos, das providências, das cores, protetor das crianças e de suas acompanhantes, auxílio dos adultos e delícia das menininhas em flor.

O bicho ganha mal de fazer gosto, como quase todos os trabalhadores do mar, mas é lindo como o sol e tem um mundo de habilidades, namoradas, casos e afins. Entre os afins, principalmente nos meses de verão e carnaval, incluem-se os olhares entusiasmados das turistas nas arenas defronte aos heróis principais, do Leme ao Posto Seis. Em matéria de *latin lover*, o guarda-vidas é, disparado, uma espécie de ideal à mão.

Marrom de sol. Não é apenas um homem da cor do cedro. Um guarda-vidas tem cultura ginasial. Funcionário público estadual e membro do corpo policial, tem um curso de quatro anos no Serviço de Salvamento da Praia de Botafogo e na Escola de

Polícia e dispõe destas medidas: nunca menos de um metro e setenta, muito músculo, agilidades, prestezas, atenções e outros tratamentos. Bem. Depois de tudo isso, o bicho ganha um pouquinho mais de um salário mínimo por mês, que não dá sequer para o aluguel de um quarto-e-sala em Copacabana. E só: nem barraca, nem refrigerante, nem óculos de sol. Se cozinhar a cabeça, se der insolação, tudo é coisa do verão.

Falando sério, não tem nada de imbecil. Fica é danado da vida porque o seu salário, não adianta tempo de serviço, é uma dessas coisas que crescem menos na cidade do Rio de Janeiro. E quando novas turmas de guarda-vidas vão se formando e os recrutas começam ganhando tanto quanto os praças velhos, ele, que já não é dos mais moços, vai ficando em ponto morto.

Gostando ou não, o seu trabalho é curtir praia e andar atento. Quando tem imaginação, percebe que vai ficando cada dia mais lindo por causa do sol e arruma como companheiro um cachorro igualmente vistoso. Mais um motivo de chamamento para as garotas.

Se o guarda-vidas é dos mais jovens, ele cuida de comprar um óculos de sol bem bonito. Usa relógio de preço e à prova d'água. Suas camisetas estão sempre muito limpinhas.

Quando chega o verão, é a temporada dos salvamentos. Onze horas da manhã, indagado sobre os seus trabalhos, garante que já "tirei sete". E ele tirou mesmo. Poderá parecer exagero, conversa, mas é verdade limpa. Com o alongamento das areias, Copacabana é hoje um aterro, praia artificial, o declive de profundidade aumentou muito e os pacatos banhistas, estrangeiros e não, teimam em não aprender as coisas. Uma delas é não tomar conhecimento da bandeira vermelha.

As situações de salvamento de um banhista que começa a perder pé ali pelas alturas da arrebentação, é algo espetacular para todos – guarda-vidas, curiosos, basbaques em geral e outros banhistas. Menos para aquele que está na iminência de se afogar.

O guarda-vidas, atento, de pé, braços cruzados, lindo como o sol, percebe alguém em dificuldade lá depois da arrebentação. A esta altura, já há um movimento de interesse e certa tensão na praia. Guarda-vidas já está, portanto, sendo observado. Então, sai a campo; ou melhor, à água. Não parte nadando imediatamente, mas correndo e nunca em linha reta, que é mais fácil e rápido ganhar as águas em diagonal. Ele não leva uma bóia, sem nada. Vai salvar alguém com as mãos e só mergulha já próximo ao freguês. Podendo, quando em quando, ele volta a olhar para as areias e sente o sucesso de seu papel. Todo mundo de pé, fora das barracas e das toalhas, acompanhando o salvamento. Então, claro, ele se empolga e acontece como ninguém. Nada de braçadas até chegar ao quase afogado. Que é retirado das águas até a praia com imensa lentidão e cuidados. Que o pessoal está espiando.

Examina o salvado como quem lambe uma cria. Aconselha. Faz gestos de braços, exorbita a lição de nado, verifica o seu atendido como se fosse uma prenda. É o bem-bom das areias, o boa-praça e o eficiente – se despede do amigo mais recente com um tapinha nos ombros, ou, dependendo da idade, com um carinho nos cabelos.

Volta e meia, a reportagem se lembra dele. Aparece quase sempre ao lado de mulher bonita e faz excelente figura. Isso é aí pelas alturas de algum festival, de preferência cinematográfico, quando as artistas da estranja, querendo passar por liberais e boas-praças, trepam nas costas dele, montam cavalinho, dão-lhes beijinhos na testa. E os fotógrafos registram. Ele sorri.

E, quando em quando, ele apanha um dinheirinho extra. Alguém, para algum anúncio de propaganda, se lembra dele. Aparece também ao lado de mulher bonita, manequins geralmente. Estufa o peito enorme, cruza os braços enormes e fica parecendo artista de cinema.

Chegam o verão e as estrangeiras. Turismo. Ele, que aprendeu na vida das areias de Copa, claro que sabe arremedar um inglês de "veriúel" e um espanhol de "mira", "quedar-se" e outros leros úteis. Como as gringas estão a fim de um *latin lover* e como ele não é bobo, nem nada...

Mas o gajo é solicitado. No verão, as afro-luso-tupiniquins também estão rodeando. E não se pode negar que seja um paraíso do guarda-vidas. Malandro, traquejado, tem ainda uma justificativa muito limpa:

– A gente paquera como qualquer um.

Ou qualquer uma. A paquera é uma generalização carioca, seja verão, praia, carnaval ou até debaixo da chuva. Quieto é que ninguém fica na cidade.

Com o tempo, o guarda-vidas acorda. E resolve estudar. Ali pela altura dos vinte e três anos está tentando algum vestibular e há alguns que carregam livro para a praia, isto é, para o trabalho. Também vai ganhando alguma idade, mas continua o mesmo cara – incapaz de negar sorriso, de evitar namoro e negar um cigarro. Isso, quando tem.

Vai sobrevivendo como peça rara, quase inédita na cidade. Mal pago e feliz.

Nem bom, nem mau. Não temos lastro cultural algum, nem nos houve tempo para isso, vamos consumindo o que nos chega mais imediatamente à mão. Somos especialistas em duas matérias. Futebol e televisão. Ninguém queira conversar coisa diferente em nossos botequins, pejados de finos sabidos e técnicos atilados em Zicos, Dinamites, Hortas, Brandões, Flamengos, Rivelinos, Armandos Marques. Já a nossa ala feminina bisbilhota tudo quanto é intimidade no mundo das telenovelas. Bem verdade que nossas mulheres não chegam ao alto padrão de profundidade com que os homens remexem o futebol. Mas desentranham informações quentes sobre vidas igualmente importantes de galãs da onda e estrelas que brilham mais. Dentro de nossas casas, impossível lhes falar depois das sete horas da noite, sagrado horário das telenovelas.

Não temos ambulatório do INPS, sequer uma boa biblioteca pública, as cinco escolas públicas do bairro certamente não poderão abrigar nem trinta por cento da garotada. Nossos cinemas estão velhos e ultrapassados.

Sequer gafieira ou salão de sinuca. Ah, nós que já tivemos um Balalaika e um Jaboatão, gafi e forró, respectivamente. E glória e paraíso noturno da crioulice e mestiçagem das babás e empregadinhas domésticas que, depois do batente, do fogão e da faxina, argolavam-se aos homens da construção civil, aos paus-de-arara, aos candangos e aos expedienteiros. E jogavam um pouco de poesia no bairro escroto. Luz rara. Um naco de alegria na mesmice aturdida da nossa falsa classe média.

Hoje, resta a filosofia encontrável nas mesas do botequim Bon Marchê:

– A alegria está com os pequenos e simples. O dinheiro com os poderosos. Difícil é arrancar algum para a gente.

Mas achamos uma saída para tudo isso. Há quem diga que o bairro de Copacabana fica perto de tudo no Rio de Janeiro, pois temos o Aterro do Flamengo e os túneis. Apanhamos um ônibus e pronto. Rapidez, conforto e segurança dignos de exaltação. Principalmente sobre certos viadutos para os lados de Botafogo, onde os desastres de ônibus, com mortos e feridos graves, se repetem. E, de mais a mais, não há entrave algum com engarrafamento. Nosso trânsito flui, rítmico, compassado, sempre pra frente, sendo de salientar a fluidez maior nos dias de chuva.

Ninguém julgue com má vontade ou desconfiança as nossas inovações. Por exemplo, aqueles anteparos de ferro gradeado que ficam nos cruzamentos de muito movimento, entre as ruas Santa Clara, Hilário de Gouveia ou Siqueira Campos com rua Barata Ribeiro e avenida Nossa Senhora de Copacabana, se prestam para proteger a massa cada vez maior de pedestres. Não se trata absolutamente de mais um expediente de propaganda do nosso comércio vastíssimo.

Não se interprete como sinal de decadência o fato de nossas lojas passarem a média de cinco meses por ano gritando liquidações. Não se trata de carência de dinheiro, que a nossa população tranqüila, feliz da vida e repleta de alegria, tem reserva aos montes. Tudo resolvido. Em matéria de comércio, a presença maciça de tanta liquidação é mais uma medida em prol da economia popular nesta nossa vida econômica tão planificada, estável, totalmente sem inflação. Não há o menor sintoma de desespero, apertura ou estertor em nossas lojas. Só detratores e derrotistas veriam as coisas por essa ótica malsã.

Nossos supermercados, valiosas concentrações que veiculam abundância e diversidade de produtos, cantam alto até pela televisão. *Barato noite e dia*. E, para não contrariar a autenticidade do *slogan*, são *fechas-nunca*, trabalhando a favor da economia popular diuturnamente, varando as madrugadas de portas abertas. Zela-se, prudentemente, por uma população bem alimentada, e compreendeu-se, com humanitarismo, que é necessário atender aos trabalhadores e viventes de todos os horários. E nada como o conforto!

E os solitários, mal-amados, insones rebeldes, hipertensos, confusos, superocupados durante o dia e angustiados em geral, que jamais faltam ao nosso bairro, têm uma solução democrática. Fazer compras no supermercado em plena madrugada.

Há o risco inevitável dos assaltos, lá fora. Mas até aí, sem novidade. E sem piedade. O que não significará risco, paixão, aflição numa sociedade competitiva como a nossa, de esfregas, sustos, porradas e nenhuma solidariedade? Para final, François Villon disse: "nada é mais seguro do que as coisas incertas".

A nossa civilização à orla marítima tem, pois, cumes de grandeza, em que o cognome *princesinha do mar* lhe cabe como uma luva.

Em trânsito permanente pelo pedaço copacabanense, mantém-se um animal dos mais aflitos e barulhentos que, em momentos acesos de sua fervura, apresenta trejeitos delirantes. O valente torcedor de futebol.

Não é do meu conhecimento ninguém que confesse dormir como um porco. Mas tenho tropeçado em calhordas e dorminhocos jurando dormirem como homens justos. Perto desses, me calo. Afinal, só o fato de um homem dormir bem nos dias que correm, já é a glória.

Parente daquele que diz dormir como um justo, torcedor algum admite a sua condição de irracional. De si para si, e principalmente para os outros, o torcedor é um valente intrépido, justo nas medidas, protestos e denúncias, comedido e limpo nos juízos e firme em sua convicção.

Até sem conhecer tais palavras, o torcedor de futebol se sente mais olímpico que dionisíaco. Mais pensante que apaixonado. Equilibrado mais que passional e mais generoso que egoísta. E por aí assim.

Ninguém admite, em qualquer torcida do país, marmanjos ou ala feminina, que uma torcida ao gritar GOL! esteja berrando, extravasando, vomitando, expondo, revelando, desrecalcando muito mais que um grito de guerra feito de três letras. GOL! poderia, com tranqüilidade e acerto, ser traduzido e metamorfoseado em palavras muitas outras. E muito outras. O que se grita naquele momento pode nem ser GOL! e, sim, os preços que subiram, os negócios e amores da região que faliram, a alegria que nunca se tem, a carga represada de frustrações, desejo, mistério, segredo, aspiração inconfessável, torturas da alma, do corpo, do coração ou do bolso. Objetivo, indireto, subjacente, o GOL! é um código e chave para muitas portas.

Há um rosário, uma pá e um calvário de histórias de torcidas. Nessa historiada, a disputa é feroz, ostensiva, perversa para se saber qual torcida pode ser a mais gloriosamente irracional. O paroxismo atleticano, em Minas Gerais; a obsessão corintiana, em São Paulo; a fidelidade vascaína, o amor-paixão flamenguista.

O torcedor pertence à categoria das pessoas que têm sempre razão. Ele acha que dispõe de um argumento acima de todos: é o homem que paga pra ver e, então, aboleta-se no direito de mandar às favas a isenção, cegar o seu poder de discernimento e tripudiar sobre o que separa o homem apaixonado do que pensa.

Os inteligentes, principalmente os talentosos, não estão livres do envolvimento chamado torcida. Os conhecedores não mantêm a palavra fria, desvinculada de carga emocional. São tomados em cheio pelo julgamento apriorístico e partem, nas discussões, para um descaramento parcial e sem medidas.

Cada torcida é a mais popular. Cada clube preferido é o mais querido. Quem ama o horrível, lindo lhe parece: admitem-se fiascos, ratas, traições, máscaras, mistificações, derrotas e até explorações.

Torcedor só não admite, nem de longe, qualquer possibilidade de sua própria infidelidade. É um otário ofertado. Sem tirar nem pôr, feito aquele samba de preto:

Mulher de malandro é rapaz
Um dia apanha, no outro quer mais.

Ao torcedor, parece não interessar, no fundo, ganhar ou perder. O que conta é o sofrimento. Não se trata de um homem a serviço de um sonho, ideal ou missão. É um homem a serviço da paixão. Um prisioneiro.

Uma área malsã e nela não há malandragem, picardia, jogo de cintura, estratégia, simulação. É uma entrega que comove os cínicos, deturpa os farisaicos, angustia até os epicuristas e todos, num feixe, acabam valentes inconformados, quando perdem; tripudiadores cruéis e violentos, na vitória.

Mário Filho: "É mais difícil deixar de amar a um clube do que a uma mulher".

Há um botequim xexelento em Copacabana. Apertado e xexelento em Copacabana, enfiado na rua Domingos Ferreira, onde jamais se conseguiu meter os pés que não se ouvisse uma discussão ruça, brava, desgrenhada, enfezada, fervida e furiosa sobre futebol. Pedir um maço de cigarros ou um café, um custo. O futebol abafa as vozes.

Noite e dia. Dia e noite. Anos engordei, como um desafio, uma curiosidade. Uma vez, uma só em toda a vida – entrar no tal botequim, botequim dos botequins, e não flagrar a mesmeira e a gritaria do futebol. Difícil. Isso nunca se havia dado. O futebol abafando vozes, amarrando ou arreganhando as caras.

Um dia é um dia e, dia desses, ia acontecendo, ao longo dos meus dias. O botequim, a uma dessas horas de almoço, o pessoal engolindo sanduíches e se enganando com cervejas, cachaça, cafés, se mantinha entretido. Somente os azulejos das paredes imundas gritavam futebol, onde dísticos, emblemas, *slogans*, decalcomanias de santos padroeiros e protetores e ditos do povo se misturavam a Mangueira, Vasco, Império Serrano, Salgueiro, Botafogo, Flamengo, América e, sobrepairando, duas imagens no cruzamento das bandeiras brasileira e portuguesa, a de Nossa Senhora de Fátima e a de São Jorge Guerreiro. De resto, o botequim em hora neutra.

Ano após ano, depois de anos, entrava naquele boteco e não recebia uma descarga, fio desencapado, vento encanado, os gritos do futebol. Os freqüentes entendidos em Zico e Rivelino não pontificavam; exímios conhecedores de técnicos e preparadores físicos, ausentes; comentaristas espontâneos e recapituladores de estratégias e políticas de ataque e defesa, calados de todo. Só se ouviam o barulho da caixa, o retinir de alguma moeda ou dos garfos nos pratos e das colheres nas xícaras. Barulhos chinfrins, até.

Era meio de semana, estávamos longe de algum jogo importante, provavelmente os ânimos andavam desmaiados, um compasso de espera. Um tempo de defasagem, intervalado entre grandes acontecimentos.

Já era um botequim freqüentável sem gritarias de futebol. E por um tira-gosto, me mandei para a outra ponta do balcão, já não de mármore, mas de aço inoxidável.

Antes que chegasse ao torresmo ou à azeitona, uma voz lá do fundo cortou, quebrando o silêncio:

– Você pra falar de Zico, tem que lavar a boca com álcool antes.

Uma da manhã. Ou mais. No comecinho da ladeira dos Tabajaras, para quem vem do morro e pega a rua Siqueira Campos, um crioulo na madrugada carregando ao ombro uma bandeira enrolada do Flamengo ia que ia quieto, cabeça pendida, canseira nas pernas, mariolando.

O meu Mengo havia batido o Fluminense. À tarde e à noite, estes lados da cidade estiveram em festa, movimento e tropel. À uma da manhã, o crioulo de cabeça arriada e bandeira ao ombro, ia bem cansado. Mas feito um guerreiro.

A iluminação fraca da rua o pegava mal e mal, tudo deserto e ele ia muito sozinho lá com o seu sonho. O queixo no peito. De repente, deve ter suspirado fundo antes, e rasgou. Ele largou para ninguém um grito arrastado, vindo de dentro e que demorou, meio tristeza e desespero. Rindo, forrando, doendo, para ninguém:

– Mengo!

Das praças do nosso bairro, poucas e mirradas, uma é um capítulo nordestino, com variações para o norte, inda mais naquele trecho em que há uma touceira de palmeiras ao lado dos bancos laterais.

Ali, ninguém sabe quem foi quem. E, menos ainda, quem foi Serzedelo Correia. Senador da República Velha, cientista, vendedor de terrenos, líder de alguma revolução democrática que tenha salvado o país de alguma ideologia esquisita? Um velho morador, dos poucos que têm trinta anos de bairro, garantiu que não foi nenhum homem famoso, importante ou "sério". Também não soube dizer quem era e o que fazia, quando vivo, Serzedelo Correia. Hoje, o nome virou estátua, um busto lá no meio da praça.

Ainda não tivemos tempo, cá no bairro, para termos nomes famosos e, como num verso de Mário de Andrade, na praça Serzedelo Correia envelhecemos sem saber de nada. E, desconfiando que tenha sido hábil especulador imobiliário desses que correm a perna até na sombra, já que as maiores estrelas cariocas, festejadas em cartazes, placas e luminosos de preço pelos pontos principais da cidade, são os nomes desses senhores poderosos.

Poucos a chamam Serzedelo, que o carioca abrevia os nomes para os desmoralizar ou humanizar. Necessário não esquecer que vivemos numa cidade em que chope é garoto, jerimum é abóbora, camarada é cara, ônibus refrigerado é frescão. A Serzedelo passou a praça dos Paraíbas. Ou praça dos Paus-de-Arara, por causa dos pingentes urbanos nordestinos, que tangidos pela fome e falta de condições de vida, juntamse aos sábados e domingos no pequeno pedaço de território democrático dentro de Copa.

Cada milímetro tem história. Cada horário, seu povo particular. Seu chão é talvez o mais vivido e sofrido de Copacabana. Recebe de tudo, não rejeita nada, espécie de capital cultural do bairro, inda mais aos domingos, quando abriga crianças, babás, velhos senhores aposentados quentando sol, empregadinhas domésticas e seus namorados que batalham na construção civil, bíblias, lambe-lambes, engraxates, Exército da Salvação, vendedores de amendoim e de algodão-de-açúcar e gentes variadas, numa misturação de cores, cheiros, nacionalidades. À noite, invariavelmente é um circo que junta homem que engole fogo,

BEBIDAS NACIONAIS
Kaiser
A CERVEJA

gilete ou metais, mulher-que-sobe-em-escada, cantadores nordestinos, sanfona, triângulo, pandeiro, violões e até guitarras elétricas, flertes, namoros, brigas, gentes nos pontos de ônibus. Já defronte aos correios, cachorros, esmoleiros, desocupados, domingueiramente. À noite, parece nascer gente do chão.

Não se pode negar que seja um dos últimos redutos livres da Zona Sul do Rio de Janeiro. Mantém, como todo cantão de respeito no Rio, um ponto de bicho, um *bookmaker*, uma boca-de-maconha e prostituição caxinguenta e rueira. Também há dois policiais em plantão ininterrupto. Mas são invisíveis.

Nossa capital cultural e nervosa só encontra paralelo em outro território eclético, a avenida Prado Júnior, síntese das gentes, enviesados e sonhos luso-afro-tupiniquins. Mas a praça dos Paraíbas ainda é mais aberta, permite a entrada e permanência de qualquer faixa social. Os importantes, os sortudos ou os homens de *status*, descidos de carros de preço – o leão-de-chácara fazendo mesura e abrindo a porta –, tocam a beber, bem-acompanhados, no Le Bateau. Lá dentro, já se topou, em passado recente, tudo de moderno e modernoso em matéria de boate granfa e, de lambujem, uns lustres desconcertantes, de ares *art nouveau*. Hoje é uma discoteca de música estrangeirada, pasteurizada, pré-fabricada por computadores. Vive, mesmo assim, cheia de juventude, já que a moçada não tem aonde ir à noite. Ou vê televisão, ou se enfia na discoteca computarizada. Nada de novo, no entanto. Vivemos num país onde quem tem vinte anos não sabe dançar samba. O Le Bateau já teve fase de ouro e em suas paredes chegou a abrigar artistas como Lúcio Alves ou Eliseth Cardoso.

Mas ao lado dessas granfinagens, hoje fajutas, a praça dos Paraíbas ainda dá de beber à classe média, de cima e de baixo, numa das últimas uisquerias do bairro, o Bon Marchê, que teve lá também dias dourados de gente famosa das letras e artes. Hoje, perdida a perspectiva, vive momentos próximos do fim. O sobradão vai cair, sem dó nem piedade. Lá na fachada, a sua data de construção, 1901, vai dançar. E, em seu lugar, um espigão nascerá, provavelmente com o nome bem bonito do especulador imobiliário no portão de entrada.

Na praça dos Paraíbas fervem, enquanto o progresso não vem, botecos xexelentos, de uma portinha só. Apertados, abafados, fedidos, do tipo engasga-gato para receber vizinhando o desemprego, o lúmpen, o provisoriado. O zero.

Não um chão só de pobres amantes, a Serzedelo Correia abriga, aninha, suporta, agasalha, motiva, anima, consola, acoita, remenda, incrementa, fervilha, transaciona, compreende, exalta, desmistifica ternuras e sonhos das gentes do bairro. Do amolador de facas e tesouras à babá, do vendedor de produtos farmacêuticos aos laboratoristas, e até escrevedores de jogo do bicho. Que ela também é Rio de Janeiro, além de norte, sul, nordeste do país e estranjas. E é Copacabana.

Rio puro? E isso ainda tem? Tem misturado. Mas Rio.

Das nove da noite às oito da manhã do outro dia, a praça dos Paraíbas monta um estranho balé. Os mais desavisados, graças ao tamanho gordalhudo dos participantes do bailado, pensarão tratar-se de bichos parentes das cotias do Campo de Santana. Nada. São os ratos da Serzedelo Correia, bem nutridos e operosos que, dados a hábitos noturnos, passam os dias enfiados em seus buracos. À noite, saem para a ginástica nervosa que vai até o dia raiar.

Ninguém proteste quanto aos ratos da Serzedelo. Todos os vêem, mas não são vistos pela limpeza pública que, literalmente, não se interessa por ratos. De mais a mais, se na praça dos Paraíbas os roedores montam um espetáculo de dança noturna, lá no Méier é diferente. As ratazanas matam crianças. Ratos não significam nada diante das baratas do nosso bairro. De todos os tipos, tamanhos, além de cores variadas. Os ratos são minoria. Nem são exclusividade da praça dos Paraíbas. Na praça do Lido, o movimento é bem maior e os adolescentes daqueles lados, em vez de se sentirem ameaçados pelos ratos, resolveram driblar o abandono que a higiene pública impõe à praça. Assim, nas noites, armados de suas inocentes espingardas de ar comprimido e muito espírito de humor, criaram um novo ludo. O tiro ao rato.

Os mesmos adolescentes que se dedicam ao tiro ao camaleão na Pedra do Leme, são vistos a partir das dez da noite caçando ratos na praça do Lido. Certamente essa moçada é movida por um espírito justiceiro, além de desratizador.

É que na praça do Lido, como na Serzedelo Correia, fiéis da umbanda costumam depositar no que resta de grama, ao lado de velas de tudo quanto é cor, e garrafas de cachaça, vinho ou champanhe nacional, alguns doces, balas, bombons, às entidades protetoras. São os ebós, os despachos, já que aquela gente ainda acredita em alguma coisa esotérica. E, como os roedores desconhecem os fundamentos do nosso sincretismo religioso, não querem nem saber para quem são aquelas delícias e guloseimas. Roem as pipocas que deveriam ser consumidas pelos deuses. Assim, deixam em falta as entidades da terra e do mar, os Cosmes, os Douns, os Damiãos, as Vovós Antônias, as Vovós Padilhas, os Caboclos Penas-Verdes, as Pombagiras. Um desrespeito, sem dúvida.

Se o nosso bairro é dado a agasalhar todas as religiões, além de cartomantes, adivinhos e astrólogos, nada mais justo que castigar os ratos que se deliciam a triturar as oferendas e obrigações do povo da umbanda. De espingarda de ar comprimido em punho, os jovens rapazes da falsa classe média da praça do Lido estão, ainda que indiretamente, justificando os roedores e defendendo o direito inalienável e democrático da fé.

Já os ratos noturnos, como os morcegos da Serzedelo, bagunçam na impunidade. Houve mesmo um maluco, desses inconseqüentes e irresponsáveis que, zuretas, falam as coisas sem medir o peso das palavras. Teve uma idéia estapafúrdia. Acabar com os ratos da praça dos Paraíbas soltando-lhes em cima a gataria brava do Passeio Público. No seu plano delirante, os gatos do Passeio seriam removidos para a Serzedelo Correia, depois de cercada a praça com folhas-de-flandres até a altura de um metro e meio. Segundo o projeto pirado, três noites de ação resolveriam.

Tudo isso é de muito mau gosto e pior cheiro. Afinal, as baratas e os ratos do nosso bairro são como as filas. O copacabanense enfrenta tanta fila que já nem as vê. Ou antes, só as enxerga quando está metido numa delas. E as sofre, bufando. Depois, esquece.

Copa, Copacabana dorme.

Parada, vazia, calada, a avenida Nossa Senhora de Copacabana parece mais larga, escura, suja. De longe em longe, um e outro carro, ainda aceso na madrugada, rola no asfalto e corta, firme, para os lados de Ipanema. Aproveita a hora, corre mais. Os pneus cantam nos sinais, nas esquinas.

Copacabana dorme de todo. Mesmo nestes cantos do Posto Seis, os de maior movimento, rumor, amores espúrios, trampolinagens, esporros, idas e vindas na noite, Copacabana dorme. Ou antes, na palavra dos freqüentadores da Galeria Alaska:

– A gente não dorme, desmaia.

À noite, conforme se diz, a galeria arrepia. Agora, desceu todas as portas internas e laterais. Inda assim, vista de frente, da porta da delegacia – a 13ª falada, uma das arreliadas da cidade – parece o último olho meio aberto, meio sonolento, ressacado na manhã.

Passa o caminhão leiteiro, um negro pula da carroceria para a calçada e a caixa de plástico, cheia, para o seu ombro. Leite é largado em saquinhos plásticos aos pés das portas de ferro dos dois bares laterais da galeria. Para o motorista:

– Vam'simbora!

Antes do negro trepar inteiro na carroceria, o caminhão já arranca.

O litro de leite sumiu do Rio, em seu lugar vieram os saquinhos plásticos, muito brancos, mais brancos a esta hora cinza, chumbo carregado, hora parada, neutra, a que os boêmios, os pederastas, os artistas da noite, as mulheres e seus cáftens, as curriolas da galeria, chamam de rabo da manhã.

No outro extremo, avenida Atlântica, os primeiros sinais laranja, amarelo, depois vermelho – os começos do sol. Da porta da delegacia não se vê o mar. Poucos vagabundos dormindo nas portas das boates ou das barbearias. Um gato passeia, fareja, rosna, se agacha, aproveita algum resto da noite, que na madrugada, muito louca e azoada, a galeria só sossegou depois de muita fervura, desmunhecamentos, tropel, esbórnia.

Um homem, quarenta anos, Otacílio, dez de galeria, vem de longe, do outro lado da cidade, do subúrbio bravo, Todos os Santos, muito calor, sol e mar nenhum. Carrega marmita feito livro debaixo do braço, apanha trem da Central do Brasil e um ônibus para Copacabana. Gasta, só aí, quase dez cruzeiros e para ele é dinheiro. Antes mesmo dos garis amarelos surgirem, vassoura e pás, ele mete a chave de ferro e, de um tranco, com vontade, ergue. A galeria, como a porta da barbearia, está aberta para o dia.

Desabotoa o blusão leve, fora das calças largas (é um suburbano, quarentão, magro e fora de moda), mete a túnica branca, senta-se, esparrama a magreza, fica beliscando um calo da mão no lugar da tesoura, esperando os dois companheiros e a moça da manicure. Quinze faltando para as oito, vai ao comutador do ar refrigerado. Bufa:

– Eu, hem? Não sou leão.

É com sol, é com chuva. Janeiro, fevereiro, março ou abril, o Rio é este. Chova ou não. Canícula, de que só escapam os que podem passar o dia ou na praia ou em ambiente refrigerado. Mesmo chovendo, de que adianta os cronistas sofisticados da cidade, sabidos e badalados, escreverem que o remédio para o verão carioca é champanhe francesa gelada ao meio-dia? Gente como Otacílio bufa. E em Copa a maioria é lisa, quebrada, prejudicada, lesa, classe média aparentando o que não tem. Veste camisa Pierre Cardin, legítima, calças de corte italiano, legítimas. Paga por isso. Vá ver, o bonitão acolá não tem dez pratas no bolso. E tome calorão.

Quando os companheiros de Otacílio chegam, já suados, a galeria ganhou vida. Moram, se escondem ou se penduram no Catumbi e em Cascadura. A moça da manicure também morava longe, Zona Norte, mas se mudou para Copa e se arruma num quarto-e-sala do Posto Um, onde vivem quatro, todas na luta do comércio. Umas, mais na pior, não almoçam; lancham.

À noite, no fogão a gás, apertadinho entre pia e parede, fazem a janta. Depois, o calor é muito, saem para a rua.

A manicure come prato feito, do dia, chamado *pê-efe*, num dos dois restaurantes da galeria, desses de tamborete, abafado, ar morrinha, safado. Convidada por alguém, cliente ou paquera, vai a um restaurante de verdade, dos que ficam na avenida Atlântica. Há de ser ligeirinha, que tem, no máximo, uma hora para almoço.

A hora é esta, doméstica, e a galeria, de um golpe, família. A outra barbearia, a casa de flores, a luvaria, a casa de máquinas fotográficas. O elevador do edifício sobre a Alaska, um balança dos típicos, quentes, misturando uma variedade de gentes. A galeria já expõe movimento, falas, alegrias, homens varrendo, empregadinhas e babás mexendo carrinhos e sacolas, tipos descendo do elevador de serviço com apetrechos de praia, barracas, toalhas, chapéus, falsas madames guiando e guiadas por um e outro cachorrinho esquisitóide, do tipo estimação. Um e outro pai de família, miúdo funcionário público, meio expediente, dos que levam filhos à praia ou fazem acompanhamento à feira ou ao supermercado, que a mulher também trabalha. Pai cooperante.

E na galeria há crianças e velocípedes, carrinhos de neném. Brincam e passeiam o dia, enquanto o sol explode e os carros se multiplicam, velozes, nas duas extremidades da Alaska, acordada aos supetões, aos sustos, vinda das noites em claro.

Diz que a Alaska acende fugas, brigas e prisões diariamente. Tem uma das mais pesadas delegacias à sua direita. Um dos maiores *balanças* do bairro sobre a sua cabeça. A pior fama de Copa – no seu comprimento até gente morreu debaixo de porrada ou tiro. Tudo isso faz de Otacílio, um serviçal da luz do dia na Alaska, um cordial, mas dissimulado, medidor. Pé-atrás, prefere prosas sobre futebol ou algumas pernas e ancas que passam. Como os botequineiros, como o florista, os porteiros do prédio, Otacílio se sabe, sabe, e se tranca. Não fala, desguia, descarta rente:

– À noite, aqui a coisa muda. Já mudou muito nesses dez anos. Dizem que a garotada que sai da Zona Norte toma Copacabana como modelo prafrentex no Rio, e vem ver como que são as modas aqui, a onda. Tem aquela liberdade, né? Ninguém sabe da vida de ninguém. Fala-se que tem muito turista à noite, gente alegre, querendo se divertir e como vem com o dólar...

Sai do subúrbio às seis da manhã e pega trem entupido de gente na Central. É salário-mínimo. Come de marmita requentada, tem três bocas para dar de comer em casa. Não fossem as gorjetas... Homem assim não brinca em serviço. Já se toca que falou demais:

– Sei lá. Da noite, eu estou por fora, que saio às oito e me mando pra Todos os Santos.

Mas um, seu companheiro Zezé, o que mora em Catumbi, desbocado e algo feminino por profissão, cabelo grande, confessa só atender pederastas, e é um bem-sucedido:

– Nada. O salão, dia e noite, é o mesmo chaveco. Tem bicha bacana, média e pé-de-chinelo. Tem gente que senta aqui nesta cadeira uma e até duas vezes por semana. Não perco nem quinze minutos com as bonecas. Cobro o corte e tem que ser aquela groja, que eu não estou aqui a fim de bancar a babá de sem-vergonha e nem pajear marginal. Não tenho nada com a vida deles. Alguns são casados, vivendo como marido e mulher e eu não me meto. São casados, se entendem. Agora, comigo, têm é que dar pra mão do artista, senão não tem corte legal, jóia, maceteado. Eu, hem?

Gente bronzeada, marrom de sol. Saindo três rapazes do elevador, sungas sumárias, chinelos, esteiras, toalhas, sacola plástica colorida na mão do mais moço. O menos moço terá vinte e dois anos. Aos cochichos, mais munheca do que mão, íntimos, fricoteiros, confidentes. Tomam o rumo da praia. Para atravessar a avenida Atlântica, aturdida, cortada por automóveis, vão atentos. Esperam e, primeira chance, dão-se os braços. O de camiseta vermelha se atrapalha, se atrasa. O de sacola colorida:

– Ih, Carmem! Você está podre de mole, hoje.

Acabou o beijo do mar com a areia em Copacabana. Do calçadão de Copacabana, ninguém mais vê as ondas quebrarem na praia, que é artificial e a beleza da outra, antiga, selvagem, ficou pra lá. Cinco da manhã, se é verão, o mar já recebe gente. Dez horas, praia cheia, atopetada.

Os três estiram duas esteiras, deitam-se para o sol, muito aconchegados, corpos se relando. Antes, os cuidados com o corpo. Da sacola, o óleo de bronzear, o creme para o rosto. Então, seus movimentos ficam ainda mais femininos, milimetradamente. Os vizinhos olham e não. Nada assusta ninguém, é como lei – ninguém tem nada com a vida de ninguém em Copacabana. Um dos rapazes se levanta e, antes de procurar as águas, passos miúdos, quase na ponta dos pés, como as mocinhas de praia:

–Vou me molhar. Vou cair para pegar cor.

Retinir de pratos e talheres na galeria, cheiro de pratos feitos, molhos, algum jabá-com-jerimum, enchendo a barriga da Galeria Alaska, agora povoada nos tamboretes de seus dois restaurantes minúsculos. Gentes. Um guarda-vidas, de sunga e negro de sol; um ou dois bombeiros; dois sujeitos de bermudas que moram no balança da galeria; dois-três homens de pastas na mão mas sem paletó e gravata, que até os executivos andam à vontade em Copacabana; duas estudantes, que se vê pela roupa. O resto são comerciários miúdos das redondezas. O restaurante quente, o ventilador pequeno e insuficiente para o calor não pára, o garçom não pára, como em qualquer restaurante doméstico do Rio a esta hora. O elevador do balança vai despejando gente, que procura a praia e as avenidas. Lá no ponto do ônibus da Nossa Senhora de Copacabana, o sol bate e rebate firme, de chapa. Quem colocar um termômetro no asfalto, não verá menos de trinta e nove. As calçadas apinhadas de gente e os carros proliferam como nascidos do chão.

Sete da noite, quando Copacabana troca de mão, num golpe, na muda de turma de garçons, barbeiros, balconistas, motoristas de táxi, botequineiros e o resto dos serviçais, a luz elétrica acende o olho diferente, vesgo, da noite na galeria. Há mudança de tom. O que cerca a Alaska também se transforma, fica de espreita – a delegacia, os bares das esquinas, a sinuca na rua Sá Ferreira.

Uns, de ressaca; outros, não. Mal saídos do sono ou descansados e chegados da praia, um novo tipo, nova incrementação de homens e mulheres começa a se mexer na Alaska dissimulada. É a hora quente. Boca da noite.

É agora. Ou daqui para a frente. Diz que – na fala de sua gente – o que vai rolar de tóxico e de confusão não será mole.

Mas, na fala que ninguém diz, quem acompanhasse as três sungas, quase tangas muito avançadas daqueles três rapazes saídos do elevador, veria a maconha rolar antes. Unidos e arrumados a outra patota e trepados num jipe hippie, todo aberto, rosas enormes pintadas de vermelho e amarelo nas portas, jogando cores e sorrisos aos passantes, mandaram-se de Copa para a avenida Vieira Souto, já Ipanema, ganharam o Arpoador e, a pé, subiram as pedras da Praia do Diabo, onde foram dar uma bola, curtir uma, cada um muito na sua.

Fumacê. E é mais sagrado que o almoço ou o jantar. Todas as tardes, pouquinho antes do lusco-fusco. Os pederastas, grupinhos de cinco-seis, saídos da Alaska ou de outros escondidos e buracos de Copa, tocam para aquelas pedras e areias e vão ver o pôr-do-sol, debaixo de onda legal. Vão dar uma bola – o baseado, o fininho, o cigarro de maconha passando de mão em mão, boca em boca, sugado, mamado devagar, enquanto os olhos semifechados espiam o sol que morre na cabeça da Pedra da

Gávea. Aquela paisagem naquele momento místico, a mesma exportada nos postais, o Rio para o mundo inteiro.

À noite, mesmos e novos rapazes comporão, com as lésbicas, a fauna e a flora, nas duas entradas da Galeria Alaska, nos seus restaurantes interiores e laterais, nas barbearias abertas até meia-noite, nos bares acesos a noite toda e, no seu maior ninho, a boate Sótão, freqüentada por pederastas e lésbicas, triste com jeito de alegre, muita cor, por fora. Mas pungente, na intimidade.

Copacabana mito, a máscara jamais caiu de todo. População grande e cosmopolita, princesinha do mar, esgoto, cloaca, classe média decadente metida a besta, vale tudo, bairro independente, *hong-kong*, cabocla, selva, mais um filhinho de dez anos batendo na mamãe, bairro escroto e mijado de cachorros, gueto enfiado na Zona Sul, prensado entre o morro e o mar. Muda todos os dias, paraíso do anonimato e do provisoriado. Mas a máscara não caiu. E Copa se engana, amarrota, afana, apronta, estupora. Vai seduzindo e pungando turistas, iludindo otários, colhendo desavisados, cobrando alto, fintando estrangeiros, brasileiros e cariocas.

A moçada sai da Zona Norte ou dos subúrbios lá longe, toma suas luzes como modelo de vanguarda no Rio. No bairro se sabe vestir bem, comer bem, beber o melhor. E os meninos, cabeça cheia, começam a descer dos ônibus xexelentos, vindos do outro lado da cidade, o bravo e esquecido, onde moram três quartos das gentes do Rio de Janeiro. Sem praia e sem recreio. A meninada principia justamente na Galeria Alaska, certa de que com o físico, juventude, gingas e bossas, conseguirá o melhor em mulheres, boates, facilitações e exuberância. E as donas, e as madames, a quem faltam machos de verdade, lhes darão tudo, até dinheiro. De comum, no entanto, a façanha é outra e, por falta de dinheiro, os rapazes do subúrbio começam deitando-se com pederastas. Não é apenas o papel pintado, o dinheiro que lhes falta; não têm companheiragem, amigos, meios de conhecer os outros. Mesmo assim, jovens, entram de rijo. Errado. Atraídos pelas mulheres bonitas, elegantes ou coloridas pelo sol, que para os olhos da Zona Norte são as melhores fêmeas do Rio, acabam deitando-se com homossexuais, por dinheiro. Uns acham que isso é passageiro, que só farão enquanto esperam dias melhores. Tudo em Copa pode ser provisório.

A maré não muda. Daí para a frente, o resto da boa vida – é preciso manter a forma, a pele bronzeada custa muito banho de sol e de mar e quem vive na praia não tem tempo para trabalho. Uma saída é morar com os pederastas. Moram, enfiam-se, cinco-seis, em apartamentos da civilização do quarto-e-sala, os que chamo "balanças". Se a situação aperta, o recuo à vidinha sem graça da Zona Norte seria, para eles, o fim. Manter-se em Copacabana a qualquer custo, é necessário aproveitar-se de velhos pederastas endinheirados, mal-amados e que ninguém quer. Ou servir de mulher para algum deles – também é do jogo. A esta altura, o menino topa. De ativo a passivo está marginalizado, viciado, moldado a um novo estilo de vida. O penteado mudou, a voz mudou, mudou o andar. Arrumou um nome feminino, de guerra, e deu para outros horários e companhias. Está na vida e não vai recuar. O subúrbio é longínquo, ele não quer mais nada com a Zona Norte, que não tem mar, nem camisetas coloridas, colares ou jipes abertos, sensação de liberdade.

Dez da noite e calor. Uma juventude tratada, matizada pelo sol, se veste na onda, calças justas, boca-de-sino, camisetas coloridas, colares e muito cabelo. O que vai e o que vem lá dentro da galeria é lerdo, com jeito de namoros invertidos, sorridentes, meio obscenos porque desbocados. Apenas os bares externos, pela avenida Nossa Senhora de Copacabana ou Atlântica, abrigam uma e outra prostituição de mulher. Lá dentro, a galeria ferve de pederastas e lésbicas. Tem beijo na boca, dado, sugado, molhado, em público.

Os restaurantes externos vão varar até cinco da manhã. Na Nossa Senhora de Copacabana, à direita, um restaurante comum, sem nome famoso, é um ninho de homossexuais pobres, que levam papo alegre com marginais, jogadores de sinuca, gente ligada ao jogo do bicho. Tudo defronte à delegacia.

Na Atlântica, o Rio Jerez é reduto de homossexuais ricos, ou por outra, bacanas, endinheirados na noite, comendo casquinha de siri, bebendo sangria ou chope e fricotando. O de Nossa Senhora de Copacabana é mais freqüentado, que é maior o número de invertidos pobres e cabe mais gente.

Ela, como outras. Elzinha Prejudicada, calça de homem, vinte e três anos, cabelo rente, repartido, cara lavada, dura, camisa jacaré dentro da calça, cinto sóbrio, chinelas de homem, magriça, cigarrinho no bico, movimentos decididos, os braços balangando, entra na galeria. Os luminosos das duas boates jogam cores – Katakombe e Sótão.

– Ô, rapaz!

Vai nesse tratamento o respeito que os camaradinhas de um dos restaurantes de tamboretes da galeria dão à sua inversão. Ela responde, séria, pede cerveja e risoto de frango. Como um homem:

– Copo gelado, compadre.

Bate a cinza do cigarro, faz um chamamento para o garçom, o restaurante está vazio e Elzinha Prejudicada precisa falar. Diz de uma vez só, garfo na mão. Abespinhada:

– Viu a Diva? Taí, sumiu, desde a tarde, e com a chave do apartamento, cara. Veja. Nessa transação de mulher, não se pode dar liberdade. É. Assim, assim eu boto ela na rua. Some, leva chave, leva a grana. Ela tá folgando comigo e não sabe onde está se enfiando. Olhe aí, mulher não me falta, não. Cada vez que eu entro no Alfredão ou no Piper é aquele mulherio em cima de mim. Chego em casa e é aquele monte de cartão com telefone, nome e os cambaus. Já viu, né? Mulher não falta – sorri, meio despeitada, o dedo quase cutucando o peito do camaradinha garçom. – Pois é. Mulher é que nem folhinha da parede, você puxa um dia, tem outro atrás.

Bazófia, bandeira. Fala das idas e vindas da amante, rebelde às vezes. Suas conquistas no Alfredão e no Piper, duas frentes de lésbicas fora da Galeria Alaska, próximas ao Posto Seis, são reduzidas. Ela as exagera, que o "valor da transação está na propaganda".

Comerciária, Elza veste saia de dia, sapatos de mulher, pendura brincos. Só não tolera pintura na cara ou nos olhos. À noite, enfia seus panos de homem, seus chinelos largos. Ganha mal na loja, mas mexe com maconha no balança da galeria, tem expedientes. Ela se defende, como na fala carioca: quem não se vira é tartaruga. Suas fêmeas, enquanto fixas, vivem no amor. Braço dado pra baixo e pra cima. Praia, cinema, Alfredão, Piper, galeria; juntas, como casal. Ciúme não falta, nem cenas. Agora, Elzinha Prejudicada catará a sua Diva nos quatro cantos de Copacabana. E, quando achar:

– Vou dar aquele esporro – bate o cigarro, despeitada – vai acabar a vida boa da menina.

Vive, acaba sempre prejudicada pelas fêmeas que arranja. Daí o apelido. Se Diva não aparece, Elzinha Prejudicada dorme na rua, ou de favor, em algum buraco. Se der azar, terá de se esticar num canto escuro da praia. Quieta, assustada, arrepiada. Apesar de se fazer de homem e de mexer com maconha, tem medo de baratas e de ratos.

Começa a transitar no corredor da Alaska, no meio do *footing* de invertidos, uma variedade de tipos miseráveis, mal ou bem vestidos, rolando na noite de Copa. Pedros-das-Flores, repetidamente, de smoking ou não; vendedores de amendoim, músicos ambulantes e deprimentes, vendedores de bonecos de engonço, engraxates maltrapilhos, espertos batucadores na caixa:

–Vai um pano, doutorzinho?

Comum, na noite de verão, o aparecimento de ônibus de turistas, chegando lotados e descarregando gringos, a quem o carioca da região chama de fariseu ou tapioca. Fariseu é homem que está por fora das coisas, dos trabalhos da terra. Tapioca é muito branco e jamais toma sol. Bem. Então, vinda não se sabe de onde e mais rápida que um susto, a marafonaria começa a agitar à larga na galeria. Um rótulo para turista ver e que vale lá fora, no estrangeiro, é o da carioca sensual, mais mulher, muito meiga e dada a certas facilitações no amor, mediante nota encorpada.

O ônibus larga turistas. Na porta do cinema da galeria, o Alaska, uma fila onde se encontra o que há de mais elegante em homossexuais masculinos e femininos. Alguns, na fila, de mãos dadas.

Katakombe, a boate da Galeria Alaska muito freqüentada pela granfinalha de ou em trânsito pelo Rio. Os turistas são depositados lá, o leão-de-chácara abre os braços à entrada e dá passagem, num sorrir respeitoso, cínico, quase debochado. Os estrangeiros, descendo para o porão com ar refrigerado, falsas mulatas, falso samba, uísque, chope, amendoim, pipoca, pouca luz. Nota alta e dois shows na noite, às onze e uma da manhã:

– Meus amigos argentinos, venezuelanos, uruguaios, colombianos e americanos. Buenas noches. Gúde náite. E meus amigos brasileiros, aqui presentes, boa noite. Este é o show do Katakombe.

Uma da manhã. O turista chegou, chegou o dólar, acabou-se o samba no Katakombe e uma lei se cumpre, chula, impiedosa, matreira. Para turista, qualquer coisa serve; ele deve ser assaltado.

O show da casa decaiu e não conta mais, por exemplo, com um Sílvio Aleixo, que sem ser grande coisa, sabia apresentar o samba. O show está jogando com as luzes, com as piadinhas para o público boquiaberto, abestalhado com as fêmeas mulatas, morenas e crioulas. Samba que é bom, no pé, não tem.

A mulata Salomé, isto aqui de pernas, toda esguia, toda comovida, carnuda até na boca, bom pedaço de abandono-de-lar, está lá. Artista anônima da noite, firme no seu rebolado, o samba que ela tira seria bom, não fora intervalado para o bate-papo com os visitantes, as piscadelas para os gringos. Tira turista para dançar e o gringo tropeça na pista, enquanto as outras garotas sentam no colo dos homens, requebram pertinho, mostram o calor da raça. Visagens, embelecos de passistas, capoeiras e ritmistas, firulas para turista ver e pagar. Quem nunca viu crioulo sambar com pandeiro no vão das pernas acha bonito.

O Katakombe chegou a ser exceção na galeria, pela qualidade do chope e do samba razoável. Atraía boêmios de verdade, gente vivida na noite. Mesmo plantado na Alaska, antro de confusão e pederastia, a casa sustentava uma tradiçãozinha. Gente decente baixava lá para os *shows* da madrugada. Ainda decadente, é uma casa carioca e tem seus fiéis. Como outras boates da Zona Sul, oferece uma feijoada nas tardes de sábado. A marca carioca vem aí. Enquanto noutras cidades brasileiras se vive em colônias, fechadas e impenetráveis, no Rio há os grupinhos, as patotas, igualmente fechados como numa aldeia. Só entra na feijoada do Katakombe, aos sábados, quem for da turma. Ponto curioso é que mulheres jovens não comparecem; apenas coroas, velhotas. Terminada a comida e a bebida a coisa vira baile. E, se não fosse bom, ninguém repetia.

Duas, três da manhã. O *show* de luzes especiais corre falso no Katakombe.

Na galeria, sopra rápido um vento soturno, que se espalha de boca em boca, fazendo de conta que ainda há tempo de jogar fora a maconha, os baratos e a bolinha. Pederastas e lésbicas se arrepiam:

– Tem arrastão.

É a batida, a limpa, blitz que vai levar, quando poucos, uns seis-oito para o xilindró. Basta estar carregado, portando qualquer coisa ou volume que lembre tóxico ou maconha. Vai para o distrito, conferir de perto o que é e como. Havendo resistência, claro, tem porrada. Adianta? A Alaska não muda. Arrastão é costume diário e muito pederasta, lésbica, toxicômano de nome famoso – em geral, costureiros, bailarinos, modistas, gente do mundo artístico – tem ido parar no xadrez. Quem está no rolo, vai no arrastão. Feita a colheita, o carrão, camburão da polícia segue.

Rio Jerez, o abrigo de homossexuais endinheirados do lado da avenida Atlântica, é um bem-comportado dentro do clima geral da galeria. A fama não lhe veio pela casquinha de siri, mas por ser um dos últimos que desce as portas na noite de Copa. Mistura pederastas, boêmios, turistas, depois que outros bares fecham. Se é Carnaval, apresenta espécimes de invertidos

fantasiados maravilhosamente. Fazem um capítulo as brigas de desmunhecados, com suas bolsas de mulher, muito elegantes nos trejeitos, esgares, roupas coloridas. Há tragédias passionais, mal disfarçadas ou reclamadas, rasgadamente, em público, aos gritinhos. Mas a casa tem *paella* e cozinha espanhola e frutos do mar razoáveis e, como sua vizinha, El Faro, é freqüentada por homens de algum gabarito.

Três e meia da manhã. O movimento e o rumor dos corpos magros e elegantes está no ponto, lá no interior da boate Sótão. Dança-se, rostos colados e se namora tranqüilamente, aos beijinhos.

Autos rareiam na avenida, a brisa marítima começa a esfriar, músicos ambulantes se mandaram, Pedros-das-Flores não passam mais, os meninos vendedores de amendoim sumiram na noite.

Só dois olhos abertos, pelo lado de fora da Alaska, quase deserta. O Rio Jerez e o restaurante dos pederastas pobres. Num, ainda se janta; no segundo, há *casais* tomando café com leite.

– Não enche.

Dois, marido e mulher, sentados numa das mesas do Rio Jerez, defronte a um prato de comida. Como um cáften e sua marafona. O que leva jeito de macho, devora a comida gulosa, gostosamente. Bebe sorvendo, come sentindo. O outro, cara de cansaço e fome, não tem direito sequer de tocar no prato. Segue cada bocado com olhos famintos, implorantes. Mas deve obediência e engole em seco. O macho é quem manda, embora o cansado e faminto é quem vai pagar. É a lei.

– Não enche.

Na hora neutra da manhã, quem olhe as areias de Copacabana e caminhe um pouco por elas, vê espalhados, enrolados e encolhidos junto aos barcos da colônia de pescadores, corpos suados de gente maltrapilha ou bêbada. Aqueles dormem na praia.

Lá na linha do horizonte, sobre o mar, haverá um toque ainda indefinido, mas já sangüíneo, vermelho, inquieto. Mais tarde, aquilo será o sol.

De uma carência não pode esta cidade de São Sebastião reclamar. Há buracos e topadas às pampas. Buracos e mais buracos atendendo a toda variedade de neuroses. Um mapa dos buracos do Rio de Janeiro poderia se prestar como uma espécie de cartografia carrancuda da nossa civilização.

Feita a pavimentação das ruas, a administração parece se dar conta de que não havia pensado na instalação dos serviços de água, luz, esgoto, telefone... Então, se acende a ação de uma de nossas maiores indústrias.

A indústria do buraco. E uma perfuração interminável desanda a se multiplicar, a se multiplicar, e se multiplicar até transformar a cidade numa grande obra única. Um primor de proliferação. Muito comum, entre nós, anunciar-se para dentro de sessenta dias o aparecimento de mais cinco mil buracos. Desconhecemos até que ponto os buracos já fazem parte da nossa paisagem, e é possível que os turistas desavisados vejam neles um aspecto esdrúxulo a mais na nossa forma de ser, existir e viver. Estranhos viventes. Olhando tanto buraco, provavelmente perguntarão:

– O que estarão procurando? Algum tesouro?

De todos os buracos, o mais aparatoso e espetacular é, sem dúvida, o campeão dos buracos cariocas. É o Metrô. Não só recordista em profundidade como em preço. Dificilmente se poderia imaginar, ou a população merecer, um buraco mais predatório, de efeito longo e prolongado, como reza a literatura de certas bulas de remédios à base de vitamina C para combater a gripe em moda.

Ah, mas o nosso bairro não fica atrás de nenhum em matéria de esburacamento a torto e a direito. Modéstia à parte, essa indústria é qualquer fato de exemplaridade a citar. Em plena rua Siqueira Campos, no coração do movimento, não os deixam por menos. Cavamos, metemos estacas, enfiamos máquinas, redobramos o engarrafamento do trânsito e o barulho. Desde a avenida Nossa Senhora de Copacabana à avenida Atlântica ostentamos um aparato de choque. Para transportar terra dos buracos de um metro e meio de profundidade, trazemos empilhadeiras, tratores, britadores e conseguimos produzir vários tipos de poluição. Tudo em sincronia. Barulho, poeira, fumaça, lixo e águas empoçadas. Uma perfeição.

Forçoso reconhecer que, em poluição, ninguém nos negará um alto nível de imaginação diversificadora. Com os nossos esgotos, poluímos a água do mar. Nossas máquinas da Sursan e um genial plano de aterro modificaram a versão original de nossa praia. Não mais se pode ver, do calçadão, o beijo do mar na areia. Também, não estamos vivendo em nenhuma época de poesia inútil.

Copacabana, agora outra. Com ou sem ressaca, para penetrar em suas águas, o banhista tem que respeitar o mar, e no mínimo, ter qualidades notáveis de nadador quando se meter a enfrentar a barra. Ninguém mais brinca com o mar que, afinal, ninguém é besta. O gajo caminha três metros nas águas, a arrebentação o espaventa definitivamente para as areias. Fique lá quietinho, antes que o pior lhe aconteça.

Com o comércio dos vendedores de praia, tudo a preço exorbitante, aproveitamos para sujar as areias com papéis, latas, garrafas, jornais e toda sorte de embelecos que nos chegarem às mãos. Nossos visitantes assustam-se a princípio. Logo depois, seguem o nosso exemplo.

Apesar de tudo, nem de longe se julgue que esta forma de ser à vontade se restrinja apenas às nossas areias de princesinha do mar. Chafurdamos também as ruas com toda espécie de sobra, invólucros, papeluchos, bagulhos e latas. E tudo em variedade e abundância, do Leme ao Posto Seis.

Poluição sonora, produzimos dia e noite, gente operosa. Buzinas e ruídos nas ruas e sons de televisão dentro de casa. No horário das telenovelas, a coisa atinge o primor acabado. Todos, a um tempo, sintonizam a mesma coisa.

No nosso bairro, a produção de fumaça, mesmo sem fábricas e não sendo São Cristóvão, consegue ser ininterrupta e diuturna. Desde os canos de escapamento de nossos ônibus e automóveis, até a queima da vegetação na encosta de morros, além do fumacê dos fornos das padarias, fogões dos restaurantes, pastelarias e botequins. Variedade, assim, de tipos e cheiros.

Mas estaria incompleta a cena copacabanense. Pó de serra, de tijolos, de cimento, de cascalhos, óleo diesel e fumaça de piche, sobejos fumegam das bocas da nossa eficiente e incansável construção civil. Bate-estacas, novas poeiras, fumaças e fedores, além do acompanhamento do barulho de máquinas completam esse todo harmonioso a que damos o nome de explosão imobiliária.

Não é preciso agosto ou setembro chegar. Se é junho já está ruço. Remandiolas de junho. Pinta de novo, ventando com jeito de agosto, na praça Serzedelo Correia e levanta os ciscos e folhas, cata o lixo e pega o comprimento da rua Siqueira Campos e toca para os morros, ganhando a ladeira dos Tabajaras, ao pé da favela. Sai ano, entra ano, junho, setembro, dezembro são aqueles. Mais do que apavoram, espécie de continuações de agosto, os azares irritam, três batidas de mão direita na madeira.

O mormaço bate quente, o bochorno, o vento nas janelas dos apartamentos assobia, vem varrendo, sujando, espalhando os sujos das ruas de Copacabana. Não chove, chove, não chove. O Rio deu para conhecer o chuvisco, essa renitência típica paulista: o chove-não-molha. As moscas aporrinham nos botequins e supermercados, descoroçoam; os papeluchos atrapalham no meio-fio, o povo evita os cachorros, grilado, cabreiro, impaciente nas ruas, onde se compra e se vende. Ninguém só não diz para que tanta compra e tanta venda, se amanhã será o mesmo.

Praia de vento, ninguém quer. Fica deserta e junho não chove. Não dá pra entender.

Entenda-se que, nas ruas, se a limpeza pública quisesse trabalhar, o mês e os meses seriam diferentes. E os bairros não seriam escrotos.

E, em chegando o dia da loteria esportiva, o carioca já olha oblíquo e de riso amarelo, acanalhado no canto da boca. Jogo do bicho. Permitido, proibido, Copacabana joga.

A coisa era clara para Graciliano Ramos, quando andou por aqui, prestou depoimento e fez registro, dando fé: "De todas as instituições brasileiras o jogo do bicho é com certeza a mais interessante, a que melhor descobre a alma popular. É verdade que possuímos outras capazes de provocar entusiasmos vivos e até a paixão das massas: o carnaval, o futebol, as lutas políticas, por exemplo; mas são coisas que, embora tenham feição particular, existem em toda parte. Nenhuma delas produz uma excitação permanente, todas se manifestam com intermitências mais ou menos longas".

Já para um leão-de-chácara de um dos dois pontos da praça – que se dão ao luxo e à segurança de ter olheiros, escreventes, gerente e subgerente e um leão-de-chácara – a coisa do bicho corre simples e exultante. Na hora do fecha das apostas, ele vai para o meio do asfalto, entre os carros em trânsito, e bate palmas, chamando, trazendo o povo passante:

– Podem chegar e fazer suas fezinhas. Esta é a instituição mais honesta do país.

Tropical, dos Penduricalhos, País das Bruzundangas, Reino de Jambon, "assim chamado porque afeta, mais ou menos, a forma de um presunto"? Mas claro. Com a graça de São Sebastião.

Gíria vem descendo dos morros, nascendo das Vilas Kênedis, das Rocinhas e das Cidades de Deus, saindo dos bordéis e escorregando das cadeias, onde é preciso se falar uma linguagem dissimulada, abreviada, rápida e contundente e insuspeitada que desnorteie os perseguidores, os homens, os fariseus, a tiragem, a ratarIa, a polícia.

Acaba cabriolando uma fala gingada, colorida, musicalidade e cheiro de gente, de povo, que ganha as ruas. Boa e gostosa de se ouvir, pode ter espírito duro, cruel ou terrível.

Quando chega à Zona Sul, área de privilegiados da cidade, mas que enfeixa, quando muito, só vinte e cinco por cento da população carioca, a gíria perdeu a graça e o motivo, a necessidade. Perdeu seu papel, já é conhecida de todos. Em termos de finalidade está manjada, é carne-de-vaca e deu-lhe a velhice, antes do tempo. Um papo furado.

Por último, apareceram três palavras que podem não ser novas. Gíria vai e vem e torna a cair no desuso, algumas são recolhidas, ressuscitadas ou recauchutadas do passado, conforme a necessidade. São, pelo menos, recentes. Ou o seu uso é atual, o que é o mesmo:

PICARDO (aquele que tem picardia, o bom, o quente, o sabido, o malandreco, o moita).

ESTAR RUÇO (estar mal de vida, estar em situação nebulosa, feia, difícil, enrolada e quase fatídica).

RATATUIA (patuléia, igrejinha, canalha, patota, curriola, grupo fechado, súcia, cambada, turma, bando, gangue, a boa gente).

A admirável RATATUIA, no sentir e entender deste aqui, é a gíria mais viva, de maior exatidão de espírito e de cor mais quente para se caracterizar a idéia de bando. Fornece uma sensação de muitos ratos, juntos e conluiados e se mexendo nervosamente, cheios de gula e culpa. Ansiosos, querendo morder a primeira coisa que encontrarem.

Mas apesar da graça, caprichos, deboches, requebros, o destino da gíria no Rio é morrer. Quando ela chega à Zona Sul, definha, perde o popular e ganha o vulgar, o frívolo, o morninho da classe média.

A classe média, contrariando o aviso bíblico do Apocalipse, de que o Senhor vomitaria os mornos de Sua boca, é afeita aos bons comportamentos, ao dar tudo para evitar um vexame, a torcer as orelhas até não sair sangue, mas não aceitar qualquer tipo de verdade, que não o meio-tom-nem-cheira-nem-fede das mentirinhas. Principalmente aquela que fica bem aos olhos do vizinho, em geral, um semelhante babaquara.

E o que a nossa classe média consegue matar – as escolas

de samba, as gafieiras, as casas de samba e tudo do povo que lhe tem chegado à mão – está morto.

Branca, ainda assim, Mariazinha Tiro-a-Esmo é uma peça. Meteram-lhe esse nome lá pelos altos encardidos da Favela da Rocinha, num ponto de pivetes tão tumultuado, tão cheio de movimento, rumor e estrepolias, que ali acordar era fácil, dormir é que não.

Direitinha, como diriam os últimos rapazes família da Zona Sul. Ela tem picardia e está na dela, como dizem os tipos malandros dos becos e das favelas. Dissimulada em seu trabalho, matreira trabalhando na boca do mocó, indo e vindo na baba de quiabo, enganando otários e pacatos, ela sobrevive. Só ou acompanhada na marginalidade, vai beirando o crime na cidade que castiga – para mais de quatro milhões de habitantes – mais de um milhão de favelados.

O sol bate e rebate nos cabelos da criança. Plantada na esquina da travessa Angrense, às onze da manhã, ela trabalha. Fica justinha na calça comprida e é uma figura esguia, enrustida e sonsa, nenhuma gordura na barriga lisa, umbigo a miniblusa mostra. É, para os leigos, apenas atraente e bronzeada, principalmente para os que não lhe viram os dentes. Para os distraídos e pacatos, para fariseus ou não iniciados em malandragem dos morros e dos becos do Rio, mais uma garota bonita em Copacabana. Veste na onda e está a fim de ser paquerada. É o que pensam os rapazes passando de carro ou mesmo a pé na calçada da avenida Nossa Senhora de Copacabana, Posto Cinco-e-meio.

Viva, colocada na esquina, os olhos medidores correm o comprimento todo do quarteirão. Vendo se aproximar uma menina maltrapilha de uns nove anos, entra pela travessa Angrense, estreita, vai espreitar numa ponta. A garotinha lhe entrega dinheiro e Maria lhe passa mais cinco pacotinhos de dropes. Maria é olheira daquele trecho de Copacabana e responsável por seis meninas pedintes, que vão esmolar e vender coisas miúdas entre Nossa Senhora de Copacabana e praia.

Mariazinha Tiro-a-Esmo, uma olheira da indústria de pedintes, esmoleiros e vendedores da arraia-miúda, parece ter dezenove anos. Tem quatorze e pouquinho, só. O rosto, quando ela se abandona de suas trampolinagens na faina malandra, é suave. Mas é agressivo, burlão, quase sempre. Os cabelos andam na moda, escorridos, longos, matizados de sol e sem tintura. Os cílios enormes, sem postiços. Alguns dentes podres, é o ponto fraco, vive chupando bala de hortelã para esconder o mau hálito.

Treze anos. Maria já se mexia bem como sambista num bloco do Catumbi. Pouca roupa, sempre uma das atraentes. Os passistas observavam. Gostavam:

– Isto aqui de recheio de mulher dentro dessa roupa.

E atiçavam a menina branca a rebolar.

Maria, claro, nasceu pobre. Pai, ferroviário português; mãe, marafona loira. Não se pode dizer que tenha tido um lar, mas morou ou se escondeu num barraco de uma favela, a

Catacumba. Pouco viu a mãe. O pai, só via já calibrado, braseado, bebido de tantas cachaças da birosca.

Dura, vivida, batida, já usada. Falando é crua, descarnada. Mas inflexível com as leis e a ética da malandragem. Mulher já, apesar de meio aturdida. E de caráter, embora pendure em tudo o seu humor carioca – antes uma forma de driblar os percalços, do que de fazer graça:

– Sei lá como o coroa, meu pai, podia se arrumar como ferroviário. Tivesse de dirigir trem e o pessoal que queria ir pra São Paulo acabava desembarcando em Barra do Piraí.

Teve escola, aos trancos e barrancos, mas a convicção que impõe em tudo o que diz faria inveja às frivolidades amenas das mais lindas garotinhas do Leblon ou Ipanema:

– Tive escola, bicho. A tua acho que foi moleza, não? O padre subia o morro pra ensinar catecismo. Cadê de aprender as lições de fé da Bíblia, se o meu negócio era aprontar? Aprendi a ler um pouquinho, na Bíblia mesmo. O resto foi a vida.

A fala é de caráter. Mas o sorriso, abrindo dentes arruinados, mostra nos cantos da boca um traço cínico, acanalhado, sinistro. Ela assistiu ao primeiro crime quando tinha sete anos:

– Meu neguinho, foi mais ou menos assim. O assassino até que era legal, um cara que vendia coisas na birosca. Manja? Atendia legal às pampas. O paca arranjava cada piadinha gozada. Todo mundo gostava dele, sabe. Um cara, um dia, apareceu na porta da birosca, grudado numa mulher. E deu para fazer acenos para dentro da birosca. O grito do bicho era eu sou o macho e cocoreco e bico-de-pato. E fazia aquela ginga de mão, você manja, né? Dizia que era o bom e outros papos. Mas a tal mulher, ih, rapaz, era mulher de véu e grinalda do birosqueiro. Aí, o homem se queimou. Meu filhinho, ouve que eu te dou de graça: nunca queira fazer um boa-praça de otário. Viu? O cara da birosca pegou a faca de cortar abóbora e, de peixeira, pulou. Pulou balcão, pulou e disparou pra frente do casal. Os dois eram otários e não esperavam aquela de homem que ele deu. Acharam que ele ia chorar, ficar apaixonado e outros fricotes. Mas o bicho era um ponta-firme, pedra noventa, e foi lá. E quem chorou foram os parentes dos dois. Sangue, meu chapinha, de monte. Eu estava ali pertinho e me lembro que a mulher parecia uma dona da vida. Acho que parecia com a minha mãe. Eu até gostei de ver a morte da dona, sabe? Uma boa vaca, que nem minha mãe.

O pai, ferroviário, bêbado, lhe dava safanões. E apenas. Comia mal e mal. Catava restos de comida do lixo das residências lá no asfalto e entregava a lavagem a uma dona que criava porcos no morro. Valia um único prato por dia:

– Escuro e preto que eu comia, varada de fome.

Se Mariazinha Tiro-a-Esmo perceber que está causando pena, baixa os olhos. Mas tem um repente. Repele, incisiva. Encara:

– Que que é, ô bicho? Ainda não viu gente assim, não, é?

Aos nove anos fez o primeiro crime: meteu giletes no escorregador de uns meninos que a surravam. Aos onze teve uma alegria das grandes: conheceu uma dona da vida que a ensinou a fumar, a usar garfo, a usar sutiã, eu nunca havia usado um, mas até que ficou bonitinho. Aos doze foi seduzida pelo pai alcoólatra e saiu de casa para sempre, caiu no bairro de Fátima e na Lapa, onde viveu entre marafonas, camelôs, gente sem eira nem beira, merdunchos, pingentes urbanos. Ali conseguiu um protetor, mulato quarentão, metido com jogo do bicho, mistura de padrasto e amante prepotente. À noite, depois do lusco-fusco, fugia do casarão do Catumbi para catar alguém que lhe desse uma voltinha de carro e algum dinheiro.

Um dia, tem de fugir com medo dos ciúmes do protetor. Acaba na praia do Pinto, num dos pontos quentes de pivetes do Rio. Começa, então, a pintar nas festinhas de embalo enturmada com as bandidetes e faz ponto no Castelinho, no Leme e no Lido. Quando a polícia aperta o cerco sobre as pivetes, por causa da maconha, assalto, furto ou outras estrepolias e aprontações, Mariazinha Tiro-a-Esmo enviesa nas fugas para a Rocinha, Catacumba, Macedo Sobrinho, Morro do Catumbi, Morro de São Carlos, Santa Teresa ou alguma favela onde ainda tenha chance. Que, nas suas andanças, também arranja desafetos e, muita vez, manejou navalha contra as outras.

Tem conhecido dias de fartura e dormido em soleira de portas, entradas de edifícios, botequins. Os iniciados em malandragem costumam chamá-la de pivete, carro novo, bandidinha, minigirl, leoa, bandidete, piranha, filhinha, piniqueira. Mariazinha Tiro-a-Esmo não se dá por ofendida:

– Sou piranha, e daí? Eu tenho culpa? Acho que não gostaria de ser. Seria bom ter um homem só com um carro só.

Parece que seria legal. Mas está aí uma coisa que eu acho que os homens não querem.

Os antigos são uns chatos. Ficam falando de uma porção de bagulhos que não tem nada a ver. Caretando às pampas. Nós estamos é na civilização do Bob's, do Rick's e do Gordon's. E tome de *hot-dog*, *hamburger*, *ice-cream*, *sandwich* e *soft-drink*!

E, nada de sentar, que a gente não tem tempo a perder. A gente também não sabe bem para que tanta pressa, mas tudo bem. Vamos correr.

E o nosso bairro tratou, depressinha, de acrilizar os botequins, lanchonetar os retaurantes, entornar cerveja enlatada, comer de pé, meter tamborete no lugar de mesa e quatro cadeiras, formicar os balcões, tomar café de máquina italiana, fumar cigarros longos como a gente vê na tevê. Isso é que é.

Já não artificializamos até a praia, com um aterro?

Essa história de fazer hora em botequim e restaurante acabou. Já era. Nosso bairro mantém certas manias ridículas, como conservar a Confeitaria Colombo, da rua Barão de Ipanema, o Bon Marchê, da Siqueira Campos ou A Marisqueira, da Barata Ribeiro, ali perto da pracinha Inhangá. Nenhum desses lugares tem a vida, a confusão e a badalação de uma Adega Pérola, defronte ao Shopping Center da Siqueira Campos, ou do Gordon's, na avenida Nossa Senhora de Copacabana. Os antigos ficam lá sentados tempão sem fim, comendo, bebendo, levando um papo enfiado que não acaba mais. Bastante chato.

Nosso bairro tem pressa e não se dá com essas coisas caretas. O nosso negócio é a velocidade. Só que não sabemos para quê.

Os coroas têm a mania ranheta de dizer que morreremos todos pela boca, não bebemos aqueles sucos naturais, não comemos ovos estrelados na manteiga, que nem sabemos mais o que seja manteiga, não tomamos leite puro, não sabemos o que é pão francês e não temos nem noção do que seja uma refeição ligeira. Estamos, dizem, sendo pasteurizados, condicionados por maus hábitos adquiridos por importação. Bebemos, comemos e fumamos o que não deveríamos.

A vida desse jeito, dizem os veteranos, é um troço imoral. Até comer e beber, imoral.

Coroa tem cada idéia... É só dar trela e um careta desses começa a falar de leiterias antigas. Ovos vinham boiando em manteiga de verdade, torradas Petrópolis, média bem servida, chá na hora da merenda, arroz-doce, coalhada árabe, pudins, mingaus, canjiquinha de milho verde, broinha de milho com erva-doce, gemadas, queijos, pão-de-ló, canjas de galinha numas tais leiterias que dizem ter existido em todo o Rio de Janeiro – Bol, Silvestre, Mineira. Até aqui na Zona Sul tinha delas.

Diz que o bicho sentava lá e ficava que ficava tomando a sua média ou comendo a sua torrada Petrópolis. No sossego maior.

Conversa. Baixa uma dessas aqui em Copa e a gente logo dá um jeito nela. Vira restaurante de cardápio comum e não tem muita conversa de velho. Guardanapo vai ser de papel. E tome *hot-dog*, *hamburger*, *milk-shake*, *ice-cream*, *sandwich* e *soft-drink*. E tudo bem.

Outra mania que a gente não tem mais, é essa de beber sentado. Principalmente cerveja. A cerveja de garrafa vai sumindo, o negócio dos restaurantes e botecos é o faturamento gordo e depressinha. Ou o bicho toma logo cerveja enlatada, bem mais cara, ou vai de chope. Quem quiser tomar chope sentado vá lá para os restaurantes da avenida Atlântica, na praia, onde cada garoto custa o dobro.

Nosso bairro está mais para a coca-cola do que para o refresco de fruta natural. Os antigos dizem que essa história de suco de goiaba, caju, pêssego, abacaxi ou melão, é uma pedida em cima, legal. Que o Rio e o país ainda têm muita fruta natural e coisa e tal.

Mas nós ficamos mesmo é no engarrafado. É só encostar o umbigo no balcão e deixar cair. Não tem essa de ritual à mesa e outras caretices. O industrializado desce mais rápido.

Não tendo nenhuma tradição, também não conhecemos festejo significativo. E não se pode falar que nosso bairro tenha Carnaval, malhação do Judas ou festa junina. Mas temos mar, bastante areia e, às vésperas de qualquer dia 31 de dezembro, podíamos dizer que, não chovesse e querendo Deus, Iemanjá nas praias do bairro apresentaria uma espécie de *réveillon* da miséria. E, apesar de todos os enlatados que nos chegam de fora e nos são impostos como última palavra em qualidade e moda, a verdade era que até no nosso bairro sem emulação cultural o espírito de Iemanjá dominava a passagem do ano.

A Rainha do Mar, a Sereia, Iemanjá, Janaína, a que tem muitos nomes bonitos, com ou sem chuva, ainda pontificava como espírito. Havia só um temor. De ano para ano, os líderes umbandistas, principalmente os mais chegados às raízes puras, andavam assustados. Nos últimos anos o que houve foi uma babel de festejos e rituais, de misturações estranhas explodindo no último dia do ano e até Exu, simples entidade auxiliar, mais pelintra que perigoso, mais moleque que demônio, entrava na dança e metia sua gente na praia. Deveria ser um cenário de exclusiva roupa branca. Acabava se manchando de longos mantos vermelhos em homenagem ao capeta. Uma joça.

Mas tudo isso foi antigamente.

No nosso bairro, *antigamente* não quer dizer longa data. Pode significar "há três meses" ou até menos. Com Iemanjá, o *antigamente* foi ontem. Na passagem do ano, o lado religioso, místico, solene ou insolente foi pra cucuia, já ficou na saudade, se escafedeu, caiu no pó do tempo, tomou chá de sumiço, deu de pirandelo. Sumiu.

Sumiram-se os fogos pirotécnicos que enganavam e também engalanavam e, logo, iludiam encorajando para animar a noite. E o povo que foi às praias de Copa, viu mais lua e estrelas no céu do que Iemanjá na terra. Aqui no bairro, a Sereia decepcionou a expectativa. Só houve a propaganda de uma cachaça cuja música foi surrupiada de um ponto de umbanda.

Tempos ruços. Curioso é que a primeira madrugada do ano tinha força para sucesso estrondoso. Começando por uma exceção. Não choveu. O povo desceu às ruas, vindo dos apartamentos, descido dos morros ou dos subúrbios lá longe, atopetando botequins e bares, ganhando as calçadas e procurando as areias, buscando vez de tomar passes e entregar às responsabilidades de Iemanjá os pedaços azedos ou as esperanças douradas e mesmo as besteiras e burradas que fizeram durante o ano. Mas ficou chupando o dedo ou o gargalo de alguma garrafa. Afinal, no nosso bairro, se o clube perdeu ou ganhou, sempre se bebemora alguma coisa. Tendo ou não porquê. Quanto à Iemanjá, do Leme ao Posto Seis o que a entidade ganhou foi uma invocação mixuruca, chué, desenxabida.

Acresce que há coisas debaixo da remandiola. E no bairro, como na nossa cidade, só cantamos as glórias. Do fiasco, ninguém fala. Assim, mais uma vez reportando a festa da orla marítima, as notícias saíram uma gracinha engambelando. Êta joguinho larápio da omissão e do ufanismo! E as legendas correram, otimistas, debaixo das fotos, provavelmente redigidas por mãos distantes da crueza, do vexame e da rata das águas do Primeiro do Ano: "Passos difíceis não impediram a homenagem à Rainha do Mar"; ou, fazendo uma fantasia: "Muitos delimitaram as áreas para as preces com as garrafas". Falaram também em grandes contingentes de garis com suas pás e suas caçambas, em bares que haviam até

descido as portas por falta de bebidas e empolgados pela alegria geral. Fenomenal.

Nem alegria, nem prendas, nem passes, nem brilhos de fé saudaram Iemanjá na entrada do ano. Houve um cinismo sem dissimulação, descaradamente. Foi o cinismo da necessidade. Os apanhadores de velas e garrafas não tiveram cerimônia e começaram a fazer a coleta sacrílega muito antes do dia amanhecer. Nem esperaram a madrugada acabar.

Verão. A noite do nosso bairro, em dois extremos famosos, o Beco da Fome e a Galeria Alaska, só chega a fornecer reportagem quando agita e arrepia. Nas notícias, são dois pontos de boemia, maus costumes e piores companhias. Tudo sapecado de folclore muito ao gosto de quem não tem muito o que dizer e não vai ver o fundo das coisas. Só por uma cocada baiana e um caldo verde na Lindaura, uma sessão de cinema de arte no Cinema Um, uma esfirra e um quibe no Oásis do Beduíno, desandamos a arrotar que conhecemos o Beco da Fome e a Alaska. Não conhecemos sequer o nosso nariz.

Porque tomamos uma sangria e comemos uma casquinha de siri no Rio Jerez, pegamos um cinema no poeira Alaska, vimos uns rapazes desmunhecando e acasalados no interior da galeria, arrotamos conhecer os sintomas da Galeria Alaska, *Midnight Cowboy* de estilo tupiniquim, compondo rapazes da Zona Norte que nos fins de semana tomam o ônibus encardido e vêm para a Zona Sul catar aventura e facilidades. Pronto. Já temos o direito de dizer quem é quem na pobre fauna e rica flora da Alaska.

Esses lugares da noite são notícia quando algo ruim de vulto, espalhafatoso, lhes acontece. Tudo de sinistro que não faça volume não se transforma em reportagem de jornal e revista. Se se fala em acabar com os últimos restaurantes populares do Beco da Fome, na avenida Prado Júnior, os solertes repórteres correm lá. Quando é assassinado na Galeria Alaska um homem famoso do peso de Almir, o Pernambuquinho, os escribas se abalam.

Não se gosta de flagrar o dia-a-dia desses dois pontos do nosso bairro. Não se apanha o cotidiano do Barata Ribeiro 200, uma feira livre no bairro Peixoto ou um domingo na praça do Lido. Já se falou que Copacabana é um paraíso provisoriado. Só não se falou que é também um inferno. O pessoal de baixo, lesado, como pingente do bairro, vive agarrado como os dependurados aos vagões da Central do Brasil.

Almir, do futebol e das catimbas, é um capítulo e outra história a merecer uma estocada séria. É certo que foi mais usado como herói, que não foi; e vendido nas páginas como infeliz e maldito. Na verdade, foi mais um escorraçado do futebol e de sua engrenagem do que um homem dentro dela.

No final, Copa engana. O nosso bairro vai fazendo com que se fale só do seu lado de fora. O mito, a máscara jamais caiu de todo. Galeria Alaska não é feita só de homossexuais masculinos e femininos, mas de seres híbridos. Não só de gente marrom de sol e mar no verão, misturando-se a marginais e mistérios, ali bem defronte à 13ª Delegacia, numa dessas ironias dos contrastes de Copa. Há trabalhadores na galeria e gente de vida brava, que chega de outros cantos da cidade para defender o seu, ali. Barbeiros, manicures, balconistas, comerciários. O diabo é que a galeria está incrustada dentro de Copa e não é um templário da família. O que é família em Copa? Dizem os sambudos e quiquiriquis: um reduto de perdidos da noite. Nada. O bairro mistura um tudo e leva fama pelo que aparece mais. E só.

Pode-se dizer, nenhuma tentativa de definição, que ele contrapõe naturezas inteiramente diversas em espaços bem pequenos. População grande e cosmopolita, princesinha do mar, esgoto, classe média decadente metida a besta, vale-tudo.

Como na abertura das falas de um apresentador da noite, na boate Katakombe:

– Meus amigos argentinos, venezuelanos, uruguaios, colombianos e americanos buenas noches, gúdi naite. E meus amigos brasileiros, aqui presentes, boa noite.

Jogo claro. Mas só entendem os entendidos. E os que querem ser enganados, são. E como. Em todas as outras casas, o público em geral vai receber travestidos de talento, cantores anônimos e trabalhadores da noite, maior poesia talvez seja a sua tragédia de pingentes mal pagos, fazendo até três shows por noite, terminando um, se mandando depressinha para o próximo. Mulatas, visagens, embelecos e firulas de passistas, capoeiras e ritmistas. Folclore às pampas.

Samba que é bom, no pé, miau. Também, quem falou em samba?

Noite em Copa nunca é uma criança. Não se tente, nem de leve, nem de longe, comprar um maço de cigarros depois das duas da manhã. Essas especiarias só são encontradiças na Galeria Alaska, no que resta de botequins para os cantos do que já foi o Beco da Fome. Que não haja ilusão. Para um lado ou para outro do caminho, um assalto é quase certo. Assim, é melhor carregar dinheiro, inda que pouco. Os assaltantes escorregados da noite ou das favelas, em tempo: Copacabana tem cinco e todas mal-encaradas. Pois, saídos dos bueiros ou caídos do céu, caras de fome e zangados, os da pesada podem se enfurecer ao não encontrarem grana prontamente. Então, a esparrela, a multa, a esfrega, o chalau, a ripada, a correção, o chá podem ser dobrados e o cacete no lombo da vítima infeliz cantará. Enfrentar assaltantes a dinheiro é melhor do que a seco.

Nem se tente impunemente, na condição de pedestre, atravessar rua, avenida ou praça, sem olhar direitinhamente para todos os lados. Depois das dez da noite, via pública é perigo, mesmo com sinal verde. Temendo assaltos e frias, motoristas pisam e avançam sinal aberto ou fechado para eles. E, de mais a mais, os desavisados se cuidem. O bairro, como a cidade, há muito tempo, não é mais dos pedestres. Pertence aos carros. Até em cima das calçadas. Também, para que pedestre quer ter vez? Não paga taxa rodoviária...

Pelas suas culpas e pecados, não poucos, o bairro vai pagando pelas coisas que faz e não faz. O nome disso, provavelmente, é fama.

A marca é 1945, derradeiro ano dourado do apogeu boêmio da Lapa. Então, Copacabana passou a verdugo da Lapa. Incompetente para repetir a grandeza dos cabarés lapeanos, criou os inferninhos onde, conforme Marques Rebelo, até certo ponto e hora da noite, a vida imita um paraíso.

E lhe sobrecaiu, numa enfiada de anos, a fama terrível, o nome de pecadora, amante espúria, alcoviteira, louca, maldita. Houve tintas fortes tingindo o bairro e, em momentos, ele pareceu apenas caber num amontoado de ocorrências policiais.

Em 1973, uma de suas delegacias instaurou o maior inquérito já surgido no pedaço. Numa ceifada, apontavam-se duzentos casos de exploração do lenocínio e favorecimento à prostituição. Quem lesse os jornais atentando ao barulho que faziam, certamente imaginaria a capital da prostituição no Rio de Janeiro.

Naquela devassa não passou pela cabeça de nenhum sabido, em vez de correr o bairro sob o dia-a-dia policial, virar a ótica e fazer a Copacabana noturna não policial. Uma Copa não dos chavões que lhe impingiam, mesmo sendo um bairro visto à noite. Não teria sido difícil demonstrar que ela não é nem escrota, nem sublime, contrafação ou balela.

Fama não confere. A Copacabana que mais esculhambam é a noturna. E essa não é a mais achincalhável.

Há uma Copa não folclorizada e que sai do feixe de afobações, especulações e gulas e acaba como imagem descarnada de nossas aflições pelo desenvolvimento e progresso. Ou daquilo que chamamos assim. Teria sido certo crescer tanto em pouco mais de setenta anos?

Já em 73, faz acontecer num só tempo e espaço um intrincado de contrastes humanos, sociais e de fotogenia dentro da noite. Instala uma Galeria Alaska na cara da 13ª Delegacia Policial. Além dos homossexuais da ala masculina na Alaska, além do Alfredão, território praticamente exclusivo de lésbicas, há nesses cantões gente trabalhadora, com caderneta assinada, recolhendo Instituto Nacional de Previdência Social, pagando imposto de renda e o resto das cruzes.

No Bolero, da avenida Atlântica, acima dos strip-teases e dos shows de travestis, pontifica a velha cantora Lita Martinez. Embora não tenha feito opção pelo Fundo de Garantia por Tempo de Serviço, tem estabilidade na casa e já está a um passo da aposentadoria por tempo de batente. Essa Lita, que conste, jamais saltou para as reportagens, nunca foi chamada de Dama do Bolero, entidade ou heroína do bairro.

Ninguém esclareceu como eram, em 73, os inferninhos do tipo Lucy Bar, Holliday, Bip... uma fileira deles. O esquecido Beco das Garrafas, berço da bossa nova, nunca visto ou reportado sem bossa nova e sem Dolores Duran, depois da fama. O Sacha's foi ou não uma balela? E essas casas que trocam de nome uma vez por mês, mas estão no mesmo lugar, tipo La Lycorne, entre as avenidas Prado Júnior e Princesa Isabel?

O Jaboatão, fenômeno único, a condensar uma mistura urbana de forró, gafieira e pagode, passou inédito pelas folhas da cidade que imputam à noite do bairro devassidões medonhas, violações, corrupção de menores, jogo clandestino e outros sinais familiares. Ou nada família.

E o Plaza e suas menininhas em flor dançando dentro de um aquário? Quanto ganha uma dessas chamadas mariposas de boates? Pra dançar dentro d'água na madrugada? E quanto ganha, hoje, o corpo de balé do Bolero? E o cantor: não será bem melhor negócio ser garçom?

A sociologia do bairro foi feita, se feita, por gente que desconhece isso. A melhor sociologia poderia ser falada por um fotógrafo de smoking que vira e revira a noite, de cantão em cantão, de porta em porta aberta, onde fature algum.

Terá alguém percebido que se o homem das fotografias resolvesse falar... Seria um porta-voz, um sociólogo-fotógrafo, batalhador da noite, com a vantagem de não empostar, e da linguagem viva, do meio, longe das aspirações e deitações de regra dos intelectuais.

Como seriam sociólogos os homens que viram matarem Almir, na Galeria Alaska; alguém que tenha conhecido o pianista do Flag; o depoimento do síndico do Barata Ribeiro 200...

Nessa historiada do bairro à noite, em última etapa, talvez se descobrisse que a gorda maioria das damas noturnas nem mora em Copacabana.

Sobram autores e senhores inteligentes. Faltam escritores, poetas, teatrólogos, cineastas, jornalistas. Faltam homens. Há uma inflação de maus escribas e bons fariseus.

Porque não estamos nem aí. E não queremos nem saber quem envernizou a asa da barata. Não nos coçamos. O que nos chega, vem de fora. Nosso bairro não tem intérpretes. Já teve? Sarapintou-se, cá e lá. Um Rubem Braga. Bons e poucos, um Sérgio Porto cutelando umas vergonhas, um a sério "El Justicero", de João Bithencourt. Rubem Fonseca, aqui e ali. E Silvan Paezzo. Pouco.

Hoje, ainda jovem maluco tocado de velhice, capengando no piso, desenxabidamente nosso bairro avança sem registro profundo. Como sempre, aqui se é mais personagem do que autor.

Se procuramos nos retratar, fantasiamos grandezas, exageramos devassidões, carregamos no uso de cores. Deveríamos, quem sabe, para enxergar a espessura e o comprimento do nosso rabo, tentar o preto-e-branco e a água-forte.

Fomos pirotécnicos. Lambuzamos tudo, uns porcalhões. Quanto papel, fotografia, tinta, película, quanta mão-de-obra inútil e predatória! Esbagaçamos algum talento, estupidamente.

E justamente por isso. Se entendido com humildade, o bairro escroto continua muito amado. Mais, é claro, pelos que não têm outro, os eira-sem-beira, os pés-inchados, os zés-manés, os paus-de-arara, as marias-judias, a candangagem que nem nasceu aqui. Empurrou-se pra cá por não ter para onde ir, despencou-se sem saber onde e já perdeu as origens. Nesses, então, gostar de Copacabana é até uma dignidade.

Quando se olha do alto para a praça Serzedelo Correia e a noite é domingueira, os paus-de-arara, em grupo, atiçados lá embaixo, o homem que engole fogo, o anão que sobe a escada, os casais de namorados, severinos e babás, a cantoria dos bíblias, a música da sanfona, do triângulo, do tambor, das vozes mordendo... Sei não, não sei. Sei lá.

Apesar da patifaria e da devastação, da exploração e do aviltamento, do terror das denúncias vazias, do caos ganhando da gente, da pouca-vergonha, ainda não nos mataram o amor.

Copa injuriada, mal lambida, prejudicada, velha antes do tempo, mijada e cagada pelos cachorros, marafona fanada, os letreiros das fachadas de tuas lojas ficando passados, marafona muquirana, muquira, lambona, estuprada, matas cachorro a grito e jacaré a beliscão, haja-te Deus, pasto de energúmenos,* caxinguenta outrora linda, atopetada de carros e viventes até onde não agüenta e diz chega. És a que nos resta. Feito aquela mulher por quem nos apaixonamos, jogo, doidura, risco, faz vinte anos e, no momento, está despencando. Enxovalhada, roída, usada, todos os defeitos gritam, dão desgosto. E estamos bem enfarados dela, chega que dói, desancada a relar em ter sido a mulher de quem já se gostou. E está ali. Machucando como um senhorio calado e de pé. Ô, isto sabe a cinza.

* Por favor. *Energúmeno* significa endemoniado, e não calhorda, idiota, imbecil, como muitos acham até hoje.

É a infeliz, a que foi, calada. Lá no fundo dos olhos, morteiros hoje, de cadela mansa, onde o tempo se esconde, ela ainda atiça, volta e meia, depois da espreita, matreiro, debochado, raro, um brilho, aquele que espeta, chamado dos dezoito anos.

Viva o bicho

A loirice da professora norte-americana está no Brasil para estudar literatura da terra. Agora é moda o verbo pesquisar. Ela parece entender tanto o espetáculo carioca quanto eu sei de Urano ou Mercúrio.

Se lhe dou canja, a distinta ganha asa; reclama à toa, à toa. As comidas são pesadas, banhosas. Abuso de condimentos carregados. Seus triglicerídios, lipídios, colesterol, sua taxa de glicose, sua formosura, como ficarão? Sei lá, *my darling*. Mulataria bonita rebola as cadeiras aí pelas ruas e como tudo isso, tem cinturinha de vespa e um balanço gostoso no andar... Caia no samba e tudo volta ao lugar. O calor brutal, o trânsito louco, a cidade barulhenta feito poucas no mundo. O sol, um despotismo. Ela só não diz que o nosso povo é criativo como ela ainda não entendeu, jeitoso assim poucos conheceu, musical até a medula feito nenhum outro que tenha visto aí no mundo. Como é possível alguém beber cachaça com este calor! Pelas goelas, a cana e as batidas descem linheiras. Como descem o chope e a cerveja. Imagine, professora, se esse povo pudesse estudar e não vivesse, a maioria, de salário mínimo deprimente. O mínimo dos mínimos da América do Sul. Pense. Um Rio que não pendurasse trezentas e tantas favelas nos morros.

Deixa isso pra lá.

Tem me procurado aqui na Serzedelo Correia, embora eu lhe garanta que nada sei de teoria literária. Mais bonita que humilde, bateu ao meu casebre, como diria o poeta. Dia desses, indagou o que eu achava do jogo do bicho.

Sou só um homem que ganha para o gasto, loirice...

Suspeito para falar, parto de um princípio extremo. Inda não fui assaltado na Serzedelo Correia, a praça dos Paraíbas, porque temos perto um ponto de bicho. Faço-me e me passo por conhecido do pessoal. Soube que um deles, o das sandálias jeitosas de couro, ocupa um quarto-e-sala aqui do prédio. Bote fé. O edifício jamais será assaltado. Bicho, por perto, dá segurança no Rio.

Vi bicho correndo solto até no sanatório. E pagava aos ganhadores.

Um dia, um dos insones rebeldes da Coréia, pavimento mais pirado no mundo tumultuado da casa de loucos, um mulato sarará chegado de Campos, acertou a centena do cachorro. O banqueiro daquele pedaço, Cabrita, estendia seu bicho pela faixa da Muda da Tijuca e mandou pagar na forma do costume.

O bicho cumpre uma ética. É jogo honesto, paga sempre. Até os loucos em sanatório. Não brinco.

Ainda falo sério se digo outra. Até o final do século passado, o Rio de Janeiro não era cidade de jogos e de jogadores. Pesavam penas tremendas a quem fosse encontrado com um baralho na mão. Delito. Dava multa encorpada, cadeia e açoite. Depois, as coisas afrouxaram.

Beirando a virada do século, ali por janeiro de 1892, a cidade ia viver algo que a transformou na capital brasileira também do vício do jogo, da inquietação e da loucada. Toda a população se via presa de uma febre. De altos funcionários da Presidência da República às babás e criados insignificantes, da ralé dos eira-sem-beira, dos pingentes dos trens suburbanos, das lavadeiras, dos esmoleiros aos sacerdotes ou circunspectos pais de família, educadores, magistrados, malandros, desocupados, damas e falsas damas, adolescentes, prostitutas, cáftens, prostituintes, poetas, loucos, amantes e crianças. Até policiais. A cidade ia aleluiar e entrar no frenesi. Torrencial, ia disparar.

Pois. Chegou o jogo do bicho. E estava chegado.

Injusto se atribua só ao cérebro do senhor Barão de Drumond a autoria dessa criação. Ele, sozinho, não deu asas à cobra.

João Batista Viana Drumond fundara o Jardim Zoológico do Rio de Janeiro em terreno de sua propriedade, no bairro de Vila Isabel e, para isso, recebia do governo uma subvenção de dez contos de réis por ano. Um momento. Atenção nesses brasileiros que carregam quatro nomes: Afonso Henriques de Lima Barreto, José Bonifácio de Andrada e Silva, Joaquim Maria Machado de Assis, Mário Raul de Morais Andrade, Joaquim José da Silva Xavier, Alfredo da Rocha Viana Júnior, José Oswald de Souza Andrade, Marcus Vinícius Cruz de Morais... Tudo gente de tope. De piso e peso. Augusto de Carvalho Rodrigues dos Anjos...

Proclamou-se a República em 1889. Os novos chefes políticos suspenderam o auxílio, que entenderam como um favor que o imperador D. Pedro II dava ao amigo barão. No entanto, Drumond era homem honesto, empregava a subvenção na compra de fauna estrangeira, numerosa, escolhida. Logo, cara.

O povo-povo desta terra diz que as coisas sérias podem começar com uma brincadeira. De mansinho.

Sabe-se que em 1892 Drumond estava dificultado. Pererecando. Ou quase. E no meio dessa crise, lhe pintou um mexicano, Manuel Ismael Zevada, com um projeto de um jogo de flores que havia tentado, miudamente, sem êxito, em um prédio do centro do Rio. Zevada pensava só na exploração do jogo no Jardim Zoológico com a substituição das flores por nomes de animais. Pensava singelo.

O barão topou. E a idéia se fez atividade no início do ano de 1893. Não ganhou, se diga, de pronto, a simpatia do público.

O bicho, macunaímico, armou. E pegou devagar. Mordeu.

Cada visitante do zoológico, ao comprar a entrada, recebia com ela a indicação de um animal representando a possibilidade de um prêmio vinte vezes maior. A entrada custava mil réis e, se a sorte sorrisse, receberia vinte mil réis. Jogo feito.

O animal do bilhete, a figura e o nome, surgiria num quadro de dimensões enormes, no topo de um mastro à porta do jardim. O quadro, em madeira, tinha um tapavistas trancado à chave. A animalada era desenhada bem e colorida.

À tarde, revelava-se ao público o bicho dado. Gostoso. Uma diversão ingênua, aos poucos crescendo como crescia o número de visitantes do jardim.

Assim. No guichê, um marido mais a mulher e os filhos, estendia ao bilheteiro uma nota. Pedia:

– Um camelo, um gato, uma águia e um leão.

Joguinho família, conforme se vê. Um divertimento simpático, inocente. Mas começou a dar dinheiro. Só num domingo, o Barão de Drumond e seu amigo Zevada faturaram oitenta contos de réis em bilhetes vendidos. Novos homens empregados no trabalho do guichê, o número de porteiros do Jardim Zoológico aumentou em quatro.

O jogo era jogado. E a companhia de bondes não tinha mais veículos para meter no tráfego. O domingo era grande, dia de jogo do bicho em Vila Isabel. Os que tinham posses melhores usavam tílburis, caleches ou fiacres; os que não tinham nada iam a pé. Mas iam todos. Uma festa de risos, ruídos, bandeiras, música, flores, animais, a esperança de se ganhar vinte vezes mais o preço da entrada. Do mais, a foliada de domingo.

Barão de Drumond e seu amigo Zevada vinham para o jardim tomar a fresca, gozar a festa, ouvir perguntas do povo.

Há lendas, claro, sobejando. E revelam, por detrás, o toque manguado do carioca irreverente.

– Um palpite para hoje, senhor Barão!

Ele tomava ar profético, descansava um dedo na testa. Cofiava a barba grisalhando. Já senhor, largava a sentença:

– Hoje vai dar o animal que mais se parece com a mulher.

Bastava. O povo corria ao guichê e desandava a comprar borboleta.

À tarde, o quadro descia, dava a cobra.

O povo não desistia. Mordido estava. Um jogador mordido joga mais. Mais. Ganhar ou perder, tanto faz. Mais.

– Senhor Barão, um palpite para hoje. Que bicho vai dar?

Outra vez o homem punha cara séria. O indicador pousava na testa. O barão olhava o céu e grave, voz baixa:

– Inteligência... inteligência.

Povo corria às apostas. Uns jogavam na águia. Outros, conhecedores da marotagem, carregavam no camelo ou no burro. Outros, no cavalo.

À tarde, o premiado era o porco.

Perdedor fica em estado de paixão. Os inconformados perguntavam:

– Senhor Barão, mas o porco não é um animal que lembre inteligência.

Ele se divertia:

– A inteligência que eu falava aí não era a do animal, nem a de vocês. Era a minha...

O Barão de Drumond e o mexicano Zevada, felizes, gozavam. Arregalavam os olhos ao olhar a féria.

O jogo deu para diário. E já no começo do século estava proibido no Jardim Zoológico ou onde quer que fosse. Por isso mesmo, o Rio de Janeiro jogava em peso. O bicho foi incorporado, dentro da nossa malícia, ao resultado das loterias nacionais e cresceu com a proibição. Crescia atiçado e abrasava. Crescia o jogo do bicho levado pela força do povo e pela gostosura sem vergonha do fazer escondido. Algo forte, gostoso, baratinho, desses de se fazer com um risinho canalha no canto da boca. Um regalo, uma mania, uma obsessão do carioca. Criou-se a expressão fazer a fezinha para o ato de jogar e os palpites começaram a ser tirados dos sonhos. Aí, também, o mistério da interpretação. A polícia, até sem querer, com a proibição facilitava a propagação e comodidade do jogador. Casas lotéricas organizaram inúmeros *bookmakers*. Banqueiros apareciam, rápidos como a tiririca. Raro o negociante da cidade que não bancava o bicho. O jogo entrava dentro dos lares. De primeiro, mansinho, driblando o dono da casa; depois, fazendo reboliço.

O comércio a varejo, o fiado das cadernetas proliferavam banqueiros do jogo. Entrava nisso o homem dos secos e molhados.

Desse tempo, uma caderneta de compras em que se lê:

"Dia 18 – banha 400 réis, azeite 20 réis, palitos 140 réis, *jacaré* no antigo, 500 réis, *porco*, por todos os lados 1.600 réis."

Ora, no fim do mês, jogava-se mais no bicho do que se comprava mantimentos no armazém.

Documentos surpreendentes provam essa loucada carioca já no começo do século. Um desarranjo na capital do país. O jogo aninhado nas mercearias virou concorrente terrível para os próprios *bookmakers*. O bicho tinha mão marota. E ao Jardim Zoológico mesmo ninguém mais ia. Estava morta toda a boa intenção do jogo.

Inda mais para os de dinheiro curto. Passou a ser o jogo dos pequenos, da miuçalha econômica. Cozinheiras pedem no balcão das vendas:

– Dois de cebola, dois de alho e quatro no urso.

O bicho parava a cidade, bruxo. Um momento do dia em que o Rio estancava. Das duas e meia às três da tarde, hora de correr o bicho. A cidade em alerta:

– Que bicho deu? Já correu?

Todos olham os relógios. De repentemente, um vento varre o Rio:

– Deu macaco, dezessete.

A notícia se espalha. O maior dos meios de comunicação carioca em todos os tempos, o boca-a-boca, correndo mais rápido que o rastilho aceso da pólvora. Meia hora. E qualquer pessoa na cidade sabe o resultado do jogo. Nas casas, um alvoroço. Um converseiro sem fim. Uns se amaldiçoam, que interpretaram errado o significado dos sonhos, outros porque sonharam em tempo errado. Outros porquês... Os que jogaram e não ganharam e os que não jogaram e juram que iam ganhar. Palavra de jogador não se escreve.

Conta a crônica desse tempo que no verso de um rol de roupas, lia-se uma explicação para os sonhos:

"Sonhar com:

Seu Manoel da quitanda, porco; com seu Antônio do açougue, elefante; com Maria Augusta, vaca; com o ajudante da Marocas, cavalo; com o doutor do vinte e seis, touro... ".

De estalo, todos davam palpite. E a todos se pediam. Até os jornais palpitavam, tidos e havidos como infalíveis. Tudo passou a motivo para um palpite. Mesmo um número de cova de cemitério.

No tenderepá, no fusuê da febre, um dia especial. O jogo do bicho recebe uma homenagem das maiores que o carioca poderia conferir ao que quer fosse. Surge *Mascotte*, jornal diário, com redatores, repórteres e literatura específica do jogo. E, depois, na esteira, vieram revistas.

Primeiros vinte anos do século, o jogo do bicho desdobrou-se, prolífero, manhoso, que vale uma lembrada. Antigo, Moderno, Rio, Salteado, Agave Americano, da Buraca, Caridade, Companhia Industrial Americana, Popular, Companhia Elegante, Moderno Loto, Industrial Brasileira, Museu das Flores, Grêmio Fluminense, Nascente, Ocidente, Carioca, Garantia, Luz do Céu, Esperança, Estrela do Destino, Segurança, Ajuda de Nossa Senhora, Talismã da Sorte. E muitos outros. Tudo nome de modalidades e locais por onde o joguinho rolava.

Já cronistas, com ironia, diziam. Muita vez, a polícia perseguiu o jogo. Deu sempre resultado dividido em dois. Motivação maior para se jogar e fortuna rápida para certos delegados.

Lenda e piada vão por conta. O povo costuma dizer que todo boato tem seu fundo de verdade. Quem cabritos tem e cabras não tem, mas leite bebe, de algum lugar lhe vem.

Gente do Rio de Janeiro diz que com dinheiro não se brinca.

Certo delegado recebia, no escritório do centro da cidade, um tufo da grana, quarenta mil réis diários. A dinheirama lhe chegava de modo dissimulado. Metia num envelope um papelucho em branco e remetia a um bicheiro famoso. Mandava o ajudante: "Leve o meu jogo à loja do sr. Lopes, discretamente, como sempre".

O ajudante ia e, à tarde, voltava para receber o resultado. Quarenta mil réis convencionados, sempre. Percebendo que o majorengo ganhava sempre, o ajudante, uma manhã, também quer. Entrega o envelope ao banqueiro e junta a ele um dinheirinho do bolso. Vai dizendo: "Este dinheiro é meu para pôr no palpite do delegado". O bicheiro, espantado. Telefona depressinha à autoridade. Há um entendimento. E nesse dia, o bicho não deu.

Entanto, há a marca de escorrência e tratação nas idas e vindas da polícia *versus* bicho. Faz tempo que é assim. Uma espécie de modo-de-afeto com o dinheiro por detrás. Algo dissimulado, mestiço. E se a perseguição ao bicho apertava, pulava matéria paga nos jornais. Notícias assim:

> BOA SORTE
> SOCIEDADE ANÔNIMA.
> FOI SORTEADA A APÓLICE Nº 123
> A DIRETORIA

Um primor patife, como se vê. Claro, a polícia sabia que essas sociedades jamais foram anônimas. E proliferavam seus anúncios. No topo de um desses descaramentos, o cronista João do Rio espetou com espírito:

– Tão anônima que nem a polícia sabe onde ela é instalada.

Difícil orçar numa área de contabilidade clandestina. Mas o bicho fornece hoje ao Rio de Janeiro um mercado de trabalho paralelo para mais de trinta mil pessoas. Mantém tal eficiência e dá mais a seus empregados, falando-se de assistência social e garantia familiar, que a própria máquina do Estado.

Negro. Legenda. Figura de ponta entre os banqueiros do bicho, o homem tinha um braço só. Que lhe sobrou de um acidente da mocidade e, sendo o esquerdo, inda assim, valia por alguns. Líder nato, ferrabrás, barra-pesada, ponta-firme, olhos de quem sabe dominar, cabra-sarado, ex-alcoólatra, respeitado pelas idéias independentes, airosas, típicas de um filho de Ogun e inda considerado pelas prisões famosas e controvertidas que tomou na Ilha Grande, em Fernando de Noronha e na Ilha dos Porcos, mistura viril e desassombrada de contraventor, saído do povo, patriarca e mais de 250 vezes padrinho em Madureira, no País de Madureira, Natalino José do Nascimento, o Natal da Portela, presidente daquela escola de samba, presidente de clube de futebol profissional e banqueiro de bicho, nos altos de seus sessenta e nove anos de idade, em 1972, falou à imprensa:

– Aqui eu tenho quarenta e uma ruas calçadas com meu dedo, esses morros todos têm água. Essa favela da Irmandade São José da Pedra (fui eu o provedor) tem mais de duzentos barracos construídos por mim, dei terrenos e ainda dava o material. Tudo para o pobre, tudo para o povo. O samba deve muito à minha profissão e se eu quisesse ser senador da República teria sido. Só que depois me cassariam o mandato por eu ser contraventor.

Setenta anos de murros e porradas, de suor e garra, já se vê. Então, o jogo do bicho, contravenção. Bem. Mas ele é submundo? Ou mundo? Também. As duas coisas, casadas, indissolúveis.

Enricaram, adonaram-se. Senhores, numa aparente sombra de clandestinidade, sentiram o gosto do poder. E da lenda. Da fama. Alguns, de hoje em dia, são doutores e fazem questão de serem chamados de empresários. Malandra e safa glória que lhes chegou com algumas feridas e cicatrizes pelo corpo, com alguma coisa entre a cupidez, o heroísmo e um realismo quase infantil dos chamados fora-da-lei. Fizeram uso do paternalismo. Santos não são. Enquanto o bicho crescia, valores cariocas se deformavam com o êxodo rural, com a superpopulação, com a ditadura, com a inflação. Houve um acasalamento tal que nasceu uma trinca, trindade – samba-jogo do bicho-futebol. Tudo isso é poder e tanto. A chegada do dinheiro alto, rápido, ladino e sem tributação mais o aparecimento de lideranças de verdade entre os banqueiros os galgaram também a presidentes de escolas de samba, diretores de clubes de futebol. Popularidade o bicho tem. E dá. De assim-assim, se tem feito e eleito políticos. Há momentos em que, debaixo da picardia ou falando grosso e rasgadamente, é autêntico braço do poder.

O bicho, mina, morde no Rio, com aflição. Machuca, tala. Planta o terror, se necessário. Brilha e é considerado. Momentos há em que reluz como o ouro. Banqueiros do bicho no fim do dia retêm nas mãos mais em espécie do que uma rede toda de banco particular. Nenhum deles deixou de pagar a aposta. Nenhum deu rombo na confiança pública. Mas é verdade clarinha que não se pode dizer o mesmo de todos os bancos brasileiros. Assim, a grana polpuda, esperta, gerou mironga. Mironga é fel dos féis. Engrossa e dá guerras intestinas com bandos em tiroteiro, baixas de um lado e outro, fugas, brigas, mortes horríveis, miséria, inda mais na Baixada Fluminense, corpos boiando no Rio Guandu. Outras mazelas. Muita vez, pela disputa de um só dos inúmeros pontos de bicho da cidade. Entanto, indo um, irão os outros e irão todos – sabem os banqueiros. Onde há grana, piranha arisca vem morder. Momentos outros, muitos, de paz. A contravenção brilha e rebrilha com luzes do luxo e gasta à grande, perdulária, milionariamente, no desfile de certas escolas de samba e convive, com macia diplomacia, com o estabelecimento em bom e festivo enlace. Bastam certas fotos expostas nos jornais da grande imprensa. Nelas, diretores e presidentes de escolas de samba e cartolas do nosso futebol ao lado risonho das mais altas autoridades que governam a cidade de São Sebastião do Rio de Janeiro.

Não pára aí a eclosão. O bicho é capilar. O bicho venceu e ensina. É transubstanciado em assunto sério. Escolariza. Chega às escolas, ao ensino da matemática, já que, para despertar a motivação, o professor precisa estabelecer a ligação da dança dos números entre os fatos do dia-a-dia do aluno. O jogo se prestou a introduzir jovens cabeças no mundo, também mágico, dos cálculos. Entre livros específicos e teses de mestrado, inclusive da Unicamp, de Campinas, se produziu uma bibliografia séria que já chega a sete volumes de peso. Um deles – *A lógica da matemática no jogo do Bicho: compreensão ou utilização das regras?* Dissertação de mestrado. Área de concentração em Psicologia

Cognitiva. Universidade Federal de Pernambuco, 1985. A autora é Nadja Maria Acioly.

É pouco?

Aparentemente singelo, é nada simples. Para se lidar com a matemática do jogo do bicho, necessário que o professor explique, ensine a mecânica do joguinho ao aluno. No todo, vinte e cinco animais obedecendo a uma ordem alfabética não rigorosa:

1 – avestruz
2 – águia
3 – burro
4 – borboleta
5 – cachorro
6 – cabra
7 – carneiro
8 – camelo
9 – cobra
10 – coelho
11 – cavalo
12 – elefante
13 – galo
14 – gato
15 – jacaré
16 – leão
17 – macaco
18 – porco
19 – pavão

20 – peru

21 – touro

22 – tigre

23 – urso

24 – veado

25 – vaca

Plantado bem e com regência, suas promessas são majestosas. Mirabolâncias. Cada número corresponde ao grupo do bicho. O grupo do elefante é o doze. O do tigre é o vinte e dois... E vai. Tipos, uns dez, de jogos podem ser feitos: o grupo, a dupla, o passe, o terno, o milhar, a centena, o duque, o triplo, a centena invertida, o milhar invertido... Os pagamentos aos acertadores são um milagre de multiplicação. No milhar seco o apostador pode abiscoitar quatro mil vezes a quantia jogada.

Possível, assim, desenvolver tabelas infinitesimais, superlativas na floresta do cálculo de probabilidades. Milhar no 1º prêmio de um sorteio tem a probabilidade de um por dez mil... Realizando cálculos de chance, o aluno ganha bagagem matemática para o entendimento de algo importante e escondido. A análise social do assunto. Que toma vários rumos. Questiona-se qual o modo mais vantajoso de jogo; questiona-se o lucro do banqueiro. Pensa-se economia popular. E pensa-se o país do jogo do bicho.

Difícil entender, sentir, respeitar, reconhecer o Rio de Janeiro sem o bicho. Mas um grande brasileiro, Graciliano Ramos, enxergava mais. O velho Graça via no bicho um dos poucos aspectos nacionais da vida brasileira.

Graciliano Ramos tem algumas observações feitas há mais de trinta e cinco anos; são cada vez mais válidas sobre esse jogo popular exclusivamente brasileiro que, quanto mais proibido, mais é jogado: "De todas as instituições brasileiras, o jogo do bicho é, com certeza, a mais interessante, a que melhor descobre a alma popular. É verdade que possuímos outras capazes de provocar entusiasmos vivos e até a paixão das massas: o carnaval, o futebol, as lutas políticas, por exemplo; mas são coisas que, embora tenham feição particular, existem em toda parte. Nenhuma delas produz uma excitação permanente, todas se manifestam com intermitência mais ou menos longas".

O bicho desenvolve o milagre de conviver e bem com a desorganização brasileira, com o nosso gosto – e até cultivo – pela superstição e pela magia. Estabeleceu, entre outras façanhas, a mais rápida e eficiente forma de comunicação direta urbana de que já se tem notícia. É esquema natural que desafia todos os quiquiriquis dos senhores sabidos da informática, comunicações e tecnologias, além de outros leros hoje em moda. Quando sai o resultado do bicho, na hora pouco neutra das tardes carioca, corre o milagre da multiplicação da notícia. Todos, a um tempo, conhecem o resultado. Em Jacarepaguá, no Leblon, em Santa Teresa, em Bangu, em São Cristóvão ou Parada de Lucas, no centro da cidade, todos sabem que bicho deu. Difícil engolir o fato que os doutores em informática nunca se tenham dado conta e jamais averiguaram a rapidez dessa divulgação.

Seria, no mínimo, uma revelação decente, nossa, singular. E fina acurácia.

O jogo já não é um fenômeno urbano no Brasil. Histórias criadas por ele correm mesmo os sertões. Havia um lugar no sertão da Bahia em que só aconteciam duas coisas. Eleições de quatro em quatro anos, com comida e cerveja de graça para todos e santas missões, de ano em ano. Um dia, apareceu o jogo do bicho. Inusitado. Todo o lugar mudou, como por encantamento. As mães tentavam adivinhar em cada sonho o bicho que ia dar. O bicho passou a ter uma ligação íntima com aquele povo. Os meninos não tinham que ir à rua somente para comprar um quilo de açúcar ou um litro de sal. Haviam de trazer de volta a pule com o bicho que a mãe recomendou. De tardinha, o garoto tinha que voltar lá. Pra ver que bicho deu. E era assim com todo o povaréu da roça. Noite, rua se enchia, gente e mais gente, todos à espera do resultado. Era aquilo. Assim que a roleta girava e o bicho saía, um grupo imenso corria pelas ruas, em turmas, anunciando a nova. Um dia, porém, alguém acertou no milhar. Aí, o banqueiro se quebrou e não teve mais jogo. Ninguém sonhou mais, ninguém voltou à rua de noite. Não era mais preciso.

Felizmente, o mundo do bicho, também mundo do sonho e da esperança mais rampeira, não está interessado em falsidades. Nem de comunicólogos, nem de doutores.

Seus apostadores nem sabem o que seja Bolsa de Valores, *open market*, *over night*, juros compostos... O bicho é das lavadeiras, das empregadinhas domésticas, dos zés-manés, dos guardadores de carro, dos empregados miúdos, migrantes da construção civil, dos garis, dos favelados em geral, dos pingentes urbanos, das marias-judias sem-teto e dos merdunchos que se penduram e se agarram à cidade do Rio de Janeiro. O bicho está de acordo com a nossa vida em provisoriado, já que aqui, no fundo-fundo mesmo, se vive como uma folha ao vento, sem nenhuma estabilidade e num abandono oficial quase absoluto. O bicho acende a esperança diária que favorece, ou não, aos mais pobres e, assim, indisciplinados e desorganizados. Joga quem tem vinte e joga quem tem dois cruzeiros. Ou cruzados. Tanto faz.

Uma gente como a nossa criou o bicho. Não só um fator econômico; é questão de alma. Parece-me inatingível à ótica da pesquisadora norte-americana.

Nas ruas é ainda mais profundo. E simples. Para o leão-de-chácara de um dos pontos de bicho da rua Joaquim Silva, na Lapa – que se dá ao luxo e à segurança de ter olheiros, escreventes, gerente e um leão-de-chácara –, a coisa do bicho é direta e exultante. Na hora do fecha das apostas, ele vai, prestante, para o meio da rua de paralelepípedos e bate palmas, chamando o povo passante.

– Minha tia, meu tio. Podem chegar e fazer suas fezinhas. Esta é a instituição mais honesta do país.

Carioca da gema

Carioca, carioca da gema seria aquele que sabe rir de si mesmo. Também por isso, aparenta ser o mais desinibido e alegre dos brasileiros. Que, sabendo rir de si e de um tudo, é homem capaz de se sentar ao meio-fio e chorar diante de uma tragédia.

O resto é carimbo.

Minha memória não me permite esquecer. O tio mais alto, o meu tio-avô Rubens, mulherengo de tope, bigode frajola, carioca, pobre, porém caprichoso nas roupas, empaletozado como na época, impertigado, namorador impenitente e alegre e, pioneiro, a me ensinar nos bondes a olhar as pernas nuas das mulheres e, após, lhes oferecer o lugar. Que havia saias e pernas nuas nos meus tempos de menino.

Folgado, finório, malandreco, vive de férias. Não pode ver mulher bonita, perdulário, superficial e festivo até as vísceras. Adjetivação vazia... E só idéia genérica, balela, não passa de carimbo.

Gosto de lembrar aos sabidos, perdedores de tempo e que jogam conversa fora, que o lugar mais alegre do Rio é a favela. É onde mais se canta no Rio. E, aí, o carioca é desconcertante. Dos favelados nasce e se organiza, como um milagre, um dos maiores espetáculos de festa popular do mundo, o Carnaval.

O carimbo pretensioso e generalizador se esquece de que o carioca não é apenas o homem da Zona Sul badalada – de Copacabana ao Leblon. Setenta e cinco por cento da população carioca moram na Zona Centro e Norte, no Rio esquecido. E lá, sim, o Rio fica mais Rio, a partir das caras não cosmopolitas e se o carioca coubesse no carimbo que lhe imputam não se teriam produzido obras pungentes, inovadoras e universais como a de Noel Rosa, a de Geraldo Pereira, a de Nelson Rodrigues, a de Nelson Cavaquinho... Muito do sorriso carioca é picardia fina, modo atilado de se driblarem os percalços.

Tenho para mim que no Rio as ruas são faculdades; os botequins, universidade. Algumas frases apanhadas lá nessas bigornas da vida, em situações diversas, como aparentes tipos-a-esmo:

"Está ruim pra malandro" – o advérbio *até* está oculto.

"Quem tem olho grande não entra na China."

"A galinha come é com o bico no chão."

"Tudo de mais é veneno."

"Negócio é o seguinte: dezenove não é vinte."

"Se ginga fosse malandragem, pato não acabava na panela."

"Não leve uma raposa a um galinheiro."

"Se a farinha é pouca o meu pirão primeiro."

"Há duas coisas em que não se pode confiar. Quando alguém diz 'deixe comigo' ou 'este cachorro não morde'."

"Amigo, bebendo cachaça, não faço barulho de uísque."

"Da fruta de que você gosta eu como até o caroço."

"A vida é do contra: você vai e ela fica."

Como filosofia de vida ou não, vivendo numa cidade em que o excesso de beleza é uma orgia, convivendo com grandezas e mazelas, o carioca da gema é um dos poucos tipos nacionais para quem ninguém é gaúcho, paraibano, amazonense ou paulista. Ele entende que está tratando com brasileiros.

Capa: Rodrigo Lacerda e Raul Loureiro,
com fotografia de Daniel Garcia/Cores & Imagens
Projeto gráfico: Raul Loureiro
Preparação: Fábio Gonçalves
Revisão: Tereza Gouveia e Julia Bussius
Fotos: André Arruda/Cores & Imagens

1ª reimpressão, 2008

Catalogação na Fonte do Departamento Nacional do Livro
(Fundação Biblioteca Nacional)

Antônio, João [1937-1996]
João Antônio: Ô, Copacabana!
São Paulo: Cosac Naify, 2001
ISBN 978-85-7503-076-9

1. Literatura do Brasil
2. Literatura brasileira
3. João Antônio CDD 869 B

COSAC NAIFY
Rua General Jardim, 770, 2º andar
01223-010 São Paulo SP
Tel [55 11] 3218 1444
Fax [55 11] 3257 8164
www.cosacnaify.com.br

Atendimento ao professor: [55 11] 3218 1473

Fontes Bembo e News Gothic
Papel Alta alvura 120 g/m²
Impressão Geográfica
Tiragem 2.000